Heinz von Wi

Leonardos Abenteuer

Eine herrliche Katzengeschichte

ChiemgauerVerlagshaus.de

❶ Seglersteg Süd
❷ Abtei der Benediktinerinnen
❸ Campanile
❹ Inselfriedhof
❺ Torhalle
❻ Gemeindesteg
❼ Seglersteg West
❽ Ricardas Zuhause
❾ Tausendjährige Linden
❿ Hundetreff

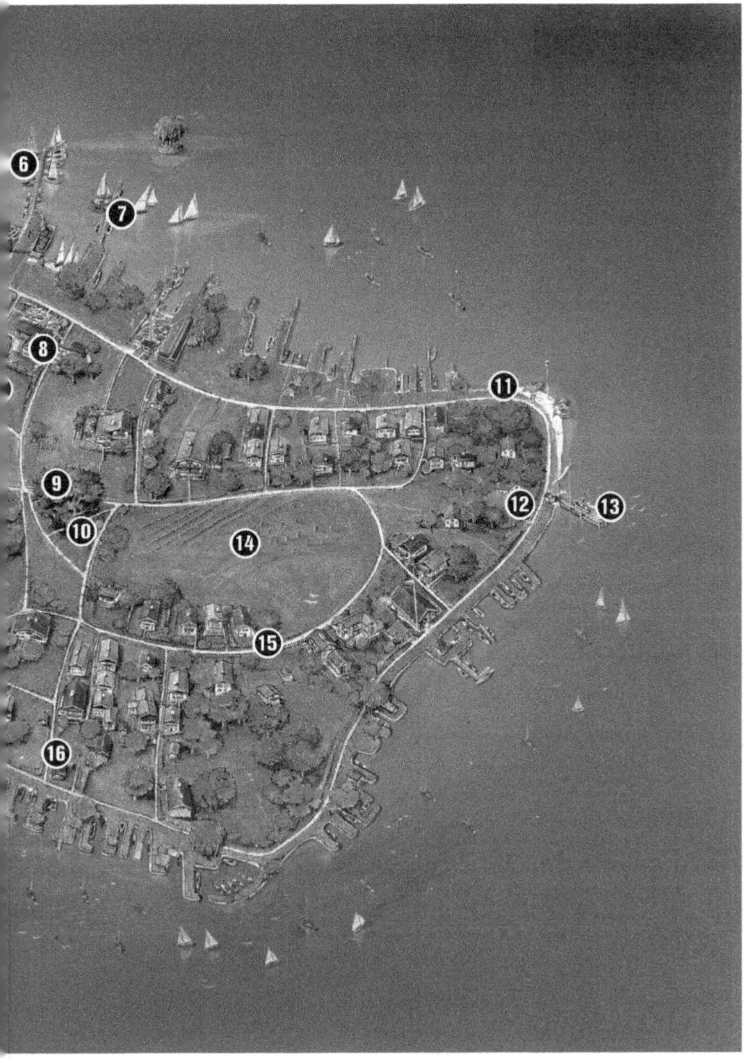

⓫ Uferweg
⓬ Leonardos + Petros Zuhause
⓭ Nordsteg
⓮ Klosterwiese
⓯ Mittlerer Ring
⓰ Jacko + Rambos Zuhause
⓱ Hauptsteg
⓲ Klostergarten
⓳ Katzentreff
⓴ Gemeindeverwaltung

Inhalt

Flucht aus dem Paradies

Manchmal träume ich noch von Sizilien.

Gut, vielleicht nicht mehr so oft wie früher. Aber an trägen, warmen und duftgeschwängerten Spätsommernachmittagen wie diesem, im Schatten einer mächtigen und uralten Linde unweit des Klosters auf der Fraueninsel ?

Natürlich waren es in Sizilien andere Gerüche, die uns umgaben. Gedüngt von der Asche des Ätna trugen Millionen von Zitrusbäumen viermal im Jahr ihre gelb-goldenen Früchte. Der stetige Wind weht den Staub des mächtigen Vulkans über die Insel, und die Temperaturunterschiede an seinen Hängen lassen die Orangen innerlich erröten.

Wie gerne haben wir als kleine Kätzchen den zuckersüßen Saft dieser Blutorangen geleckt. Die Knechte der Bauern haben uns manchmal welche aufgerissen und zugeworfen, wenn sie am Rauch eines kleinen Holzfeuers ihren Kaffee tranken und die selbstgedrehten Zigaretten in ihren braunen, schwieligen Händen hielten.

Aber jetzt bin ich hier. Und von all den schönen Plätzen auf der Insel ist dies hier mein liebster. Man hat einen schönen Blick auf die Krautinsel und die andere, große Insel, auf der ich aber noch nie war. Ein Schloss soll da zu sehen sein, ein Schloss, das an die Paläste der längst verstorbenen Fürsten meiner alten Heimat Sizilien erinnert, so hat man mir jedenfalls erzählt.

Wie dem auch sei, eingelullt von dem Plätschern, mit dem die sanften Wellen des Chiemsees das Ufer küssen, muss ich wohl in dem hohen, warmen und wohlriechenden Gras eingeschlafen sein. In meinem Alter schläft man mehr, das ist eben so. In Menschenjahren gerechnet, wäre ich wohl jetzt so um die sechzig Jahre alt. So genau weiß ich das aber selber nicht, denn wir Katzen haben unsere neun Leben, und da bin ich jetzt im siebten oder achten Leben angekommen, denke ich. Auch das ist mir nicht mehr wichtig, denn beinahe hätte ich alle meine neun Leben auf einen Schlag verloren.

Ich will mich auch nicht beklagen, denn ich habe es schön hier auf der Insel. Und ich habe meinen Frieden gefunden, endlich. Ab und zu streichelt mich einer der vielen Menschen, die hierher kommen und staunend wie große Kinder durch unser kleines Paradies gehen.

Mein Paradies war es lange nicht, nun ist es aber dazu geworden. Gut, das ist eine lange Geschichte, die angefüllt ist mit Trauer, mit Liebe, mit Lachen und Rumtoben, und mit schnellen Tagen und bunten Nächten, von denen man sich gewünscht hätte, dass sie endlos wären, dass die Zeit einfach stehenbleibt. Aber sie ist an mir vorbeigezogen, wie Wolken im Sturm.

Meine Geschichte habe ich nie jemandem erzählt, weil ich mich oft in meine Vergangenheit zurückziehe, wie in eine warme und dunkle Höhle.

Aber jetzt, im frühen Herbst meines Lebens, da möchte ich sie erzählen.

Und wenn sie mögen, dann kommen Sie mit in meine Welt:

Nach Sizilien, genauer gesagt, nach Palermo. Dort, in der Bucht von Mondello, wurde ich geboren. In einer heißen Tropennacht auf einer Müllhalde zwischen ranzigen Milchkartons am Straßenrand.

An meine Geschwister kann ich mich nicht mehr so richtig erinnern, wohl aber an meine Mutter.

Sie hieß Chiara, und für mich war sie die schönste Katzenmutter der Welt. Sie war groß, ein Mischling aus allen Rassen, die man sich in einem Hafenviertel nur denken kann, und stolz wie eine Königin. Ihr Fell war am Rücken und an den Seiten golden, ihr Gesicht war schwarz-weiß, so dass man hätte denken können, sie trüge ständig eine Maske. Und ihre Brust war weiß wie die eines Hermelins. Ihre Augen, die gestrahlt haben wir blaue Saphire, die sehe ich fast jede Nacht vor mir, wenn sie mir im Traum erscheint.

Tagsüber sah man in der flirrenden Hitze in den engen Gassen und auf der Hafenpromenade eigentlich nur Touristen. Rotgesichtige Engländer in kurzen Hosen, die Männer meist tätowiert, die Frauen unförmig und laut. Ein paar dünne und kleine Asiaten, die immer in Gruppen auftraten, adrett und sauber gekleidet, und alles fotografierten, was ihnen vor die Linse kam. Und natürlich die Deutschen. Die traten meist im Familienverbund auf. Papa schleppte die Umhängetaschen mit Wasser und Proviant und Strandstühlen, Sonnenschirmen und Gummitieren zum Aufblasen, während Mama die Kinder vor sich hertrieb und die Preise auf den Speisekarten der Hafenrestaurants verglich. Gegessen haben die Deutschen dann meist in den günstigsten Fischerkneipen.

Man muss aber sagen, dass für uns Jungkatzen die Deutschen am interessantesten waren. Da fielen schon mal ein Stück Fischhaut oder ein paar Pommes unter den Tisch, und wir schlangen alles schnell und gierig in uns rein, immer mit einem Auge die Kellner beobachtend, die uns mit Fußtritten wegjagten, wenn wir sie nahe genug an uns heran ließen.

Abends, oder besser gesagt, nachts, wenn die Touristen längst in ihren weichen, durchgelegenen und verschwitzten Betten in den aufgeheizten, engen Zimmern lagen, kamen die Kreaturen der Nacht in das Hafenviertel.

Da waren die Banden von wilden Hunden, die tagsüber in den Felsspalten bei den ausgetrockneten Pinienwäldern westlich der Bucht den Sonnenuntergang abwarteten. „Vor denen musst du dich in acht nehmen, Leo", sagte meine Mutter zu mir, „die fressen alles, was ihnen vor die Schnauze kommt."

Leonardo hat sie mich getauft, weil ich was ganz Besonderes bin, hat sie mal gesagt: „In dir ist alles, was dein Vater hatte. Der war stolz wie ein Adler, schnell wie ein Leopard und mutig wie ein Löwe. Und romantisch wie eine Rose im ersten Morgenlicht. Sei wie er, und was noch wichtiger ist: Du musst ein Spiegel dessen sein, was du bei anderen sehen willst, Leo“, sagte sie. „Willst du Ehrlichkeit, dann sei ehrlich. Möchtest du geliebt werden, dann gib Liebe. Willst du Respekt, dann gib Respekt. Bekommst du den nicht, hole ihn dir. Mit allem, was du hast.“

Das waren ihre Worte, und die haben mich geprägt.

Die verwilderten Hunde waren aber nicht das eigentliche Problem. Das hat auch meine Mutter früh erkannt.

„Die größte Gefahr droht dir von den zweibeinigen Raubtieren“, sagte sie zu mir. Und wie recht sie hatte! Wenn die gegen Mitternacht aus ihren sonnenverbrannten Häusern kamen, dann musste man sich vorsehen. Und ich meine nicht die Diebe, die Trickbetrüger und die vielen anderen zweibeinigen Nachtgestalten. Ich meine Don Luca und seine Männer.

„Wenn der dicke, froschköpfige Don auftaucht, dann versteck dich, wenn dir dein Leben lieb ist, mein kleiner Leo. Der Mann ist ein Tierhasser. Der fährt Hunde und Katzen tot, nur so zum Spass, oder er schießt auf sie, wenn er betrunken ist.“

Die Mafia. Es gab keinen Händler, keinen Restaurantbesitzer, keinen Bäcker, Metzger oder Fischer in ganz Mondello, der nicht seinen Obolus an Don Luca entrichtete. ‚Das Schnäbelchen nass machen‘, so nannte der Don seinen Anteil. Wenn zum Beispiel jemand aus einem anderen Stadtteil von Palermo hier bei uns in Mondello eine Bar eröffnete, dann wartete Don Luca ab, bis der Laden lief, dann kam er eines Nachts mit zwei oder drei von seinen Leuten. Sie setzten sich an den besten Tisch, der sofort frei wurde, wenn der glatzköpfige Don mit seinen Männern auftauchte, bestellten gutes Essen und teuren Wein, und sie ließen es sich schmecken.

Irgendwann winkte der Don dann den Besitzer herbei und sagte zum Beispiel: „Was hast du für eine schöne Bar, Tommasino. Wir alle sind stolz, dass wir sowas endlich hier in Mondello haben. Deswegen, und damit wir noch lange Freude an deinem guten Essen und deinen edlen Weinen haben, werde ich dir eine Versicherung geben. Eine Versicherung, für die wir kein Papier brauchen. Wir sind doch Ehrenmänner, nicht wahr, mein Freund. Sieh es so: Lass mich mein Schnäbelchen an deinem Brunnen nass machen, und wir werden Freunde für immer sein, und dir und deiner Familie wird es hier immer gutgehen."

Wenn der arme Tropf von Wirt dann meinte, er könne die Sache so regeln, dass er Don Luca und seine Leute aus dem Lokal verwies, dann bezahlten die mit freundlichen Gesichtern, gaben ein fürstliches Trinkgeld und gingen.

Zwei oder drei Wochen lang passierte dann meist gar nichts, aber eines Tages versagten bei dem Wirt die Bremsen seines Autos, just wenn er über die Serpentinen oben am steilen Hang fuhr. Oder seine Frau fiel aus dem Fenster, oder ein Bruder oder eine Schwester verunglückten tödlich. Danach wurde immer bezahlt. Immer.

Soviel zu Don Luca.

Nur hinter seinem Rücken und hinter vorgehaltener Hand nannten sie ihn „Rana“, das heißt soviel wie „Frosch“. Weil er klein und dick war, ohne Haare, und mit Augen, die ihm aus dem Gesicht quollen, als ob ihm jemand andauernd Luft in den Hintern blasen würde.

Er lachte viel und laut. Aber er war sadistisch und grausam, und niemand wagte es, ihn „den Frosch“ zu nennen, wenn er oder einer seiner Handlanger in der Nähe waren.

Warum ich das erzähle? Weil Don Luca der Fels war, an dem das Schicksal mich zerschellen ließ.

Eine Seele zerbricht, wenn man ihr die Liebe nimmt. Und meine Seele ist zerbrochen, als meine Mutter eines Nachts an der Hafenpromenade überfahren wurde.

Ich weiß es noch wie heute. Ich lag unter einem der kleinen, weiß-blauen Fischerboote, die jeden Abend aus dem Wasser ein oder zwei Meter an den Strand gezogen und zur Seite gekippt werden. Auf einem zusammengerollten, Baumwollnetz hatte ich es mir gemütlich gemacht, während Mama rüber zu den von roten und gelben Lampions beleuchteten Restaurants lief, um nach Futter zu sehen.

Irgendwann kam Pero, der schwarze Kater eines Fischers zu mir und sagte: „Kleiner, du musst jetzt ganz tapfer sein.“

Ich schaute ihn nur an und verstand nichts. Dann setzte er sich neben mich auf das Netz, leckte sich über die Vorderpfoten und sagte dann: „Deine Mama kommt nicht mehr. Sie ist tot."

Ich, mit meinen 14 oder 16 Monaten kapierte echt nicht, was er meinte. Er sah mich an und wiederholte: „Sie ist tot. Totgefahren. Von einem Auto. Vor ein paar Minuten. Verstehst du, was ich sage?"

Ich schüttelte den Kopf, nickte, und schüttelte wieder den Kopf, dann sagte ich: „Wo ist sie?"

Pero sagte: „Sie liegt noch auf der Straße. Die Jungs holen sie jetzt da weg."

„Wohin, weg?" Ich vernahm die Worte, aber sie flossen an mir vorbei wie das salzige Wasser meiner Tränen.

„Das willst du nicht wissen, Kleiner." Pero kratzte sich am Ohr, dann meinte er: „Es war dieser üble Zweibeiner. Don Luca, der Frosch. Dem macht sowas sogar Spaß. Er hätte mit Leichtigkeit bremsen können, wenn er das nur gewollt hätte."

Ich weiß noch, dass in mir etwas zerbarst, etwas, das wie ein gläserner Kokon oder ein großer Glasballon war. Und aus den Scherben kam der, der ich jetzt bin.

„Ich habe deine Mama gut gekannt, Leo, und sie war wie ein Engel, der nur solange hier bei uns sein durfte, bis ihm die Flügel wuchsen. Was soll ich für dich tun, Kleiner?" Pero starrte mich an, aber ich lag einfach nur da und wollte alleine sein.

Er ging weg, und ich weinte, bis ich keine Tränen mehr hatte. Dann stand ich auf und taumelte auf wackligen Beinen hoch zur Straße. Ich weiß noch, dass ich wie in Trance war. Alles um mich herum war in dunkle Nebel getaucht und verschwommen. Oben setzte ich mich an den Straßenrand. Von der Bar gegenüber fiel der Lichtschein auf eine kleine Blutlache und spiegelte sich darin. Das Blut auf der Straße war das letzte, was ich von meiner Mama gesehen habe.

Ich weiß nicht mehr, wie lange ich im warmen Sand saß und auf das Blut in der Straßenmitte starrte. Irgendwann hielt ein Lieferwagen vor der Bar, und zwei kleine, kräftige Männer trugen Eisbarren in das Lokal. ‚Jetzt machen sie frische Granita', dachte ich mir. Mama hat es geliebt, das wässrig-süße Zuckereis aus frischen Zitronen und Mandeln. Die Tür schwang wieder auf, und an den Scheinwerfern des Wagens vorbei sah ich Männer am Tresen stehen. Einer schrie die Pointe eines derben Witzes heraus, und die anderen bogen sich, brüllend vor Lachen.

Der Mann, der jetzt selbstgefällig in die Runde schaute und sein Likörglas hob, war Don Luca, der Frosch. Einen Fuß hatte er auf der dicken Messingstange, die unten an der Theke entlanglief, und der Ellenbogen seines linken Armes lag so auf dem Tisch, dass er mit der flachen Hand über seine schweißglänzende Glatze streichen konnte.

Ich lief über die Straße und sprang in die Weinhecke, links neben der Eingangstür. Im Dunklen suchte ich mir einen Weg nach oben und war in weniger als einer Minute auf dem flachen, rissigen Ziegeldach.

Ungefähr einen Meter über der Tür zum Lokal legte ich mich auf den immer noch warmen Schindeln flach hin, und spähte hinunter.

Nach einiger Zeit hörte ich wieder Männergebrüll, und die Tür unter mir flog auf. Ein Mann trat aus dem Licht ins Halbdunkel und schaute sich vorsichtig nach links und rechts um. Unter seiner dunklen Jacke hielt er eine Lupara. Ich hatte schon gesehen, was so eine abgesägte Schrotflinte anrichten kann, und zog den Kopf etwas zurück.

Der Mann schaute aber nicht nach oben, sondern winkte ins Lokal hinein. Ein zweiter Mann kam heraus, und dicht hinter ihm trippelte der Don auf seinen kurzen, dicken Beinen. Was genau mich dann angetrieben hat, kann ich jetzt nicht mehr sagen, ich weiß es nicht. Es ist einfach passiert.

Ich schaute wieder runter, und in dem Moment, als der Frosch genau unter mir war, ließ ich mich vom Dach fallen. Ich landete auf seinem Glatzkopf und krallte mich fest. Der Don schrie, hell und laut wie ein Schwein, wenn es das Messer des Schlachters spürt.

Ich biss und kratzte, der Don griff nach mir, und ich schlug die Krallen meiner Vorderpfoten seitlich in sein Gesicht. Die drei oder vier Männer des Don standen um uns herum und waren wie gelähmt. Ich hörte ein eigenartiges Geräusch, dann spürte ich eine weiche, dotterartige Flüssigkeit, und im nächsten Moment hatte der Frosch mich gepackt und warf mich weit über die Straße in den warmen Ufersand.

Ich rappelte mich hoch und rannte in die Dunkelheit, auf die Boote und das Meeresrauschen zu. Hinter mir hörte ich den Don schreien und quieken, dann schossen seine Männer mit ihren Luparas hinter mir her.

Aus kurzer Distanz kann eine abgesägte Schrotflinte einen fürchterlichen Schaden anrichten, aber ich war schon zwanzig oder dreißig Meter weit weg, und die Schrotkugeln fielen hinter mir in den Sand wie Hagelkörner.

In dieser Nacht habe ich keinen Schlaf gefunden, und wenn ich doch für eine kurze Zeit einnickte, dann war immer meine Mutter bei mir. Ich weiß noch, dass ich nach ihr greifen wollte, und immer, wenn ich aus diesen kurzen Traumphasen erwachte, hatte ich mich im Sand festgekrallt.

Kurz vor dem Morgengrauen kam Pero zu mir und sagte: „Du musst verschwinden, Leo. Der Frosch hat seine Leute zusammengeholt, und die suchen nach dir. Sie haben Befehl, jede Katze zu töten, die aussieht wie du."

„Wie sehe ich denn aus?"

„Komm schon, Kleiner, es gibt nicht viele hier, die deine weiße Schnute und das rotbraune Fell haben."

Ich schüttelte den Sand aus meinen Pfoten und schaute Pero nur an. Der sah sich um und meinte: „Los jetzt, lass uns verschwinden. Sie werden bald hier sein. Oben, bei der Kirche waren sie schon. Der Don hat ein Auge verloren, das hast du ihm ausgekratzt. Dafür werden viele von uns sterben müssen, befürchte ich."

„Wo soll ich hin?", fragte ich, und Pero meinte: „Ich habe mit den anderen gesprochen. Ich bringe dich auf die Westeite der Bucht. Dort stehen die Zweibeiner aus den fremden Ländern mit ihren fahrenden Häusern. In eine dieser Wohnkisten musst du irgendwie rein, und dann fährst du dahin, wo dein weiteres Leben auf dich wartet. Komm jetzt!"

Und so liefen wir durch den feuchten Sand unten am Wasser nach Westen, auf die Pinienwälder zu. Oben, auf der Uferstraße fuhren Autos langsam auf und ab. Männer mit Gewehren lehnten sich aus Fenstern oder saßen auf den Ladeflächen und leuchteten mit Taschenlampen und Scheinwerfern links und rechts den Straßenrand aus. Ab und zu hörten wir Schüsse, das dumpfe Grollen der Luparas und das helle Krachen der Revolver und Pistolen.

Wir waren noch keine hundert Meter in den Wald eingedrungen, da blieb Pero ruckartig stehen und zischte: „Merda, jetzt sind wir im Eimer!" Ich schaute mich um und sah … nichts.

Aber plötzlich waren drei oder vier große Hunde hinter uns, seitlich kamen weitere schattenhafte Wesen von links und von rechts aus dem Unterholz und vor uns erschienen, wie durch Zauberhand entstanden, drei riesenhafte Köter.

Der größte von ihnen, ein wolfsartiger, grauer Bursche mit einem narbigen Gesicht und schmalen gelben Augen, kam langsam auf uns zu. Er fletschte sein Gebiss zu einem höhnischen Lachen und sagte mit einer tiefen grollenden Stimme: „Porca puttana, wenn das nicht mein spezieller Freund Pero ist. Und wen hast du denn da an deiner Seite? Stehst du jetzt auf Kinder, du alter Drecksack?"

Bei Pero sträubte sich das Rückenfell. Er machte einen Buckel, sein Schwanz schlug heftig aus, und seine Ohren lagen flach an. Er stellte sich vor mich und fauchte den sicherlich fünfzig Kilo schweren Wolfshund an: „Machen wir es kurz, Luna. Schick deine Kläffer weg, und wir beide tragen es aus. Hier und jetzt. Aber den Kleinen lässt du durch!"

‚Luna?', dachte ich, ‚Das Monster da vor uns ist ein Weibchen? Wow!'

Luna schaute an Pero vorbei zu mir, dann wieder zu Pero und grollte: „Diesmal helfen dir deine miesen kleinen Tricks nicht mehr aus der Klemme, Pero. Du hast hier nichts zu suchen, das weißt du genau. Und deine restlichen zwei oder drei, oder wie viele von deinen räudigen Katzenleben du noch hast, die schüttle ich gleich aus dir raus. Den Kleinen, den nehme ich mir dann ganz langsam vor."

Pero fauchte: „Machst hier immer noch auf starke Frau, was, Luna? Na ja, wenn ich mir deine Pinscher so ansehe, dann fällt mir der Spruch ein ‚Hinter jeder starken Frau pinkelt ein Mann im Sitzen'. Ist doch so, Jungs, oder was sagt ihr dazu? Nur eine schäbige Bande von verlausten Sitzpinklern lässt sich von einem Weibchen sagen, wo es langgeht."

Pero funkelte die Hunde rings um uns rum an. Keiner machte auch nur einen Mucks, aber sie beobachteten uns sehr genau, und Pero sagte: „Klar, für mich ist hier das Ende der Straße. Aber einen oder zwei von euch Bastarden nehme ich mit. Wer will anfangen?"

Einer von den Dreien, die links neben uns standen, ein hässlicher Rottweiler-Mischling, dem das linke Ohr fehlte, kam ganz nahe an mich ran, hob dann den Kopf und sagte zu Luna: „He, Chefin, das ist doch der kleine Mistkerl, der dem Frosch heute Nacht das Auge ausgekratzt hat. Seit ein paar Stunden bellen die Kollegen im Dorf von nichts anderem."

Luna fauchte: „Was? Bring ihn hierher zu mir, Wotan!"

Der Hässliche stupste mich dermaßen an, dass ich mich zweimal überschlug und dann direkt vor Lunas Vorderpfoten landete.

Ihre gelben Augen leuchteten direkt in meine Seele, das Gefühl hatte ich jedenfalls, und nach einer Zeit, die mir wie eine Ewigkeit erschien, knurrte sie: „Warum hast du das getan, Kleiner?"

„Er hat meine Mutter mit seinem Auto totgefahren", sagte ich und schaute ihr dabei voll in die Augen.

„Wann?"

„Heute Nacht."

Luna richtete sich auf, schaute zwischen den Baumwipfeln der ausgetrockneten Pinien zum Mond hoch, der langsam vor der Morgendämmerung kapitulierte, schloss die Augen und überlegte kurz. Dann nickte sie, blickte in die Runde und sagte zu Pero: „Gut. Ich habe entschieden. Und du Pero? Wo willst du ihn verstecken?"

„Nirgends, weil er hier überall gefunden werden kann. Ich bringe ihn zu dem Platz mit den fahrenden Häusern. Er muss weg. Du hörst ja, was im Hafen los ist. Dann komme ich wieder, und wir beide tragen aus, was früher oder später sowieso ausgetragen werden muss. Du weißt, ich stehe zu meinem Wort."

Luna nickte wieder und sagte laut zu den Hunden in der Runde: „Ich auch. Hört mir zu: Der Kleine hier kann gehen, wohin er will. Er steht unter meinem persönlichen Schutz. Und was unser Großmaul Pero hier anbelangt, über wen können wir lachen, wenn der nichtsnutzige Kater an diesem Morgen stirbt?" Dann schwenkte sie ihren riesigen Schädel in Peros Richtung und sprach nach ein paar Sekunden weiter: „Unser spezieller Freund hier hat wieder einmal Glück gehabt. Wotan, du und Cesare, ihr bringt Pero zurück in den Hafen. Rührt ihn nicht an."

Zu Pero gewandt sagte sie: „Nächstes Mal bist du dran. Übertreib es also nicht. Und jetzt hau ab. Wir sehen uns bestimmt wieder."

Pero fauchte: „Ich lass dir den Kleinen nicht alleine hier. Wenn du ihn willst, dann nur über meine Leiche!"

Luna lachte und sagte: „Ich will mir an dir nicht den Magen verderben, Pero. Wer frisst schon gerne Katzen? Was den Kleinen hier anbelangt: Wir bringen ihn selber zum Platz der rollenden Häuser, das war ausnahmsweise mal eine gute Idee von dir. Und dann suchen wir eins davon aus, das in ein paar Stunden abfährt, wenn die Sonne ihnen den Weg weist. In dem wandernden Haus wird er sicher versteckt sein und das Land verlassen können. Du hast mein Wort darauf. Und jetzt geh, solange du das noch kannst, denn vielleicht überlege ich mir ganz schnell was anderes für dich."

Pero drehte sich zu mir und sagte: „Ich habs versucht, Leo, wie so vieles in meinem Leben. Ich befürchte, ich kann jetzt nichts mehr für dich tun. Luna ist ein elendes Stück Hundefell, aber sie hält ihr Wort. Machs gut."

Dann drehte er abrupt um und sagte zu den beiden hochgewachsenen Hunden, die sich links und rechts von ihm aufgestellt hatten: „Andiamo, Mädels, auf geht's, schwingt die Möpse."

Er lief los, und die zwei Hunde schauten Luna an, die kurz knurrte, und dann sprangen die beiden in großen Sätzen hinter Pero her.

Luna sagte zu den anderen Hunden, die sie nun fragend anschauten: „Was glotzt ihr so blöd, he? Habt ihr schon vergessen, wer im letzten Jahr meinen Gefährten erschossen hat? Ich hätte mir den mistigen Frosch selber vornehmen sollen. Ich habe Rache geschworen und zu lange auf meine Gelegenheit gewartet! Das kommt davon, wenn man auf euch hört. Und dann kommt so ein kleiner Fellkacker wie der hier, und holt dem froschäugigen Kerl ein Auge aus seiner verfluchten Visage. Nehmt euch, verdammt noch mal, an dem Kleinen hier ein Beispiel. Rocco! He, Rocco? Wo ist der tranige Penner denn jetzt schon wieder?“

Luna schaute sich um, und einer der Hunde hinter ihr trat zaghaft vor und sagte: „Hier bin ich doch, Chefin, was läuft?“

„Du läufst. Und zwar mit dem Kleinen hier zu den rollenden Häusern. Da bringst du in Erfahrung, welche von den Kisten bald abfährt. Dann siehst du zu, dass du ein Versteck für den Kleinen findest. Ich will, dass er ungeschoren das Land verlässt, capiche? Wenn dem Burschen was passiert, dann bist du dran, claro?“

„Clarissimo, Chefin“, Rocco, eine schwarz-weiße Dogge, schaute mich an und sagte: „Na, dann lass mal die Samtpfötchen wirbeln, kleiner Mann.“

Und Luna beugte sich zu mir runter und flüsterte: „Tutto bene. Pass gut auf dich auf, Kleiner. Wir bringen dich sicher hier raus, aber dann hilft dir keiner mehr.“

Ich versuchte, mit Rocco Schritt zu halten, aber er musste immer wieder langsamer laufen oder kurz stehenbleiben, weil ich nicht mithalten konnte. Nach etwa einer halben Stunde tauchten Lichter zwischen den Bäumen auf, und wir kamen an einen großen, umzäunten Platz. Rocco brabbelte unverständliche Worte vor sich hin und ging mit tiefgesenkter Schnauze am Zaun entlang.

„Wo ist denn das verdammte Loch? Das war doch hier irgendwo, oder? Hab ich jetzt vergessen, wo das Ding ist, oder was? Mann, ich bin doch nicht blöd."

Plötzlich blieb er stehen und sagte triumphierend: „Hier!" dann schaute er sich um und flüsterte mir zu: „Du bleibst hier. Ich gehe durch das Loch und schaue was läuft. Wir haben einen von uns da drinnen, der blickt durch und weiß, was abgeht. Ich bin in ein paar Minuten wieder da, ok? Rühr dich nicht vom Fleck, verhalte dich ruhig, und geh auf keinen Fall alleine da rein, ja?"

Ich nickte, und Rocco verschwand durch das Loch im Zaun. Ich hörte ihn noch unwirsch murmeln: „Mannaggia la miseria, bei dem Zeug, das ich fressen muss, komme ich bald nicht mehr durch diese verdammten Lücken", dann verschluckte ihn das Halbdunkel.

Ich legte mich hin und schloss die Augen. Vor Erschöpfung fiel ich in einen unruhigen Schlaf, und schon stand meine Mutter wieder vor mir. Sie sah mich freundlich an und sagte mit ihrer sanften Stimme: ‚Leonardo, mein Kleiner, ich kann dich in einem fernen Land sehen, in dem die Sonne anders scheint als hier. Nicht so warm und nicht so viel, aber du wirst auf einer Insel leben. Auf einer sehr kleinen Insel. Dort wird es dir gutgehen, glaub mir, und ich bin immer bei dir, mein Kleiner. Glaube nur ganz fest an dich, und an mich, ja?"

Ich wurde wach, weil mich jemand anstupste. Rocco stand über mir und knurrte böse: „Sag mal, haben sie dir ins Gehirn gereiert, Mann? Du kannst doch hier nicht ‚Mama' schreien, Junge. Wenn die uns hopsnehmen, dann gute Nacht. Oder besser gesagt, guten Morgen, denn den haben wir gleich. Komm mit und halt verdammt noch mal deine kleine Schnauze, ja?"

Rocco zwängte sich wieder fluchend durch das Loch im Zaun und ich kroch hinterher. Der Maschendrahtzaun war von innen mit Schilfrohr verkleidet, und im fahlen Morgenlicht sah ich viele Häuser auf Rädern. So viele auf einem Platz hatte ich nie vorher gesehen. Dreißig oder mehr von diesen merkwürdigen, kastenförmigen Häusern standen da rum, und auch viele Autos. Es roch nach kaltem Rauch, nach Holzkohle, nach gebratenem Fleisch und nach Fisch.

Vor einem der erloschenen Lagerfeuer lagen zwei dickbäuchige Männer in weiß-blau-gestreiften Liegestühlen. Sie hatten unförmige und grellbunte kurze Hosen an, sonst nichts. Einer der beiden hatte eine leere Flasche in der Hand. Er setzte sie an den Mund, merkte, dass sie leer war, und warf sie in die Asche des verloschenen Feuers. Der andere Mann schnarchte laut und mit offenem Mund.

Der Dickere sagte mit undeutlicher Stimme: „Weißt du, was ich komisch finde? ….Wenn du mit Gott sprichst, … dann bist du religiös. … aber wenn Gott dann irgendwann mit dir spricht … dann bist du deppert …. He … kannst du mir das erklären? He…?“

Der Dicke stieß den schnarchenden Mann an, und der kippte aus dem stoffbezogenen Liegestuhl, blieb neben der Feuerstelle liegen, grunzte wie ein Schwein, und schnarchte weiter.

Rocco kam zurück, stieß mich wieder an und flüsterte: „Los, komm. Nicht stehen bleiben.“

Wir liefen zwischen den Rollhäusern durch und kamen zu einem kleineren Platz, an dem schon einige Leute rumliefen und Stühle und Tische zusammenklappten.

Unter dem Rollhaus, das dem Platz am nächsten war, blieben wir liegen, und Rocco flüsterte mir ins Ohr: „Die ganze Gruppe hier fährt in ein paar Minuten weg. Die fahren alle auf ein großes Schiff, unten im Hafen. Mit dem sind sie auch gekommen, vor drei Wochen. Jetzt pass gut auf, denn du hast nur diese einzige Chance. Hörst du mir gut zu, Kleiner?“

Rocco schaute mich an und ich nickte. Er sagte: „Es ist alles geregelt. Ich renne jetzt da raus und mache Randale. Die Zweibeiner werden auf mich losgehen. Sobald die alle mit mir beschäftigt sind, läufst du los. Siehst du das gelb-rote Rollhaus da drüben? Das, bei dem die Tür offen ist?“

Ich streckte den Kopf an dem Rad, hinter dem wir lagen, vorbei, und schaute über den Platz. Da drüben stand so ein Blechhaus. Weiß, mit gelben und roten Streifen auf der Seite. Zwei große und ein kleiner Zweibeiner trugen allerlei Sachen hinein.

Ich nickte, und Rocco flüsterte: „Die haben einen kleinen weißen Hund, der weiß Bescheid, ich habe mit ihm gesprochen. Du rennst über den Platz, springst in das Rollhaus, und drinnen wartet der Kollege. Du versteckst dich in seiner Stoffhütte, die unter dem Bett ist, und kommst erst wieder raus, wenn der Kollege dir das sagt. Hast du mich genau verstanden?"

Ich nickte, und Rocco stand ächzend auf: „Na dann … Showtime, Baby!"

Er schaute über die Schulter zu mir runter und sagte: „Weißt du was, Kleiner? Ich werde langsam zu alt für diesen Blödsinn."

Er holte tief Luft und rannte dann laut kläffend auf die Zweibeiner zu. Ich wartete, bis sich alle, mit Stoffstühlen und Besen und Flaschen bewaffnet, laut fluchend und schreiend auf Rocco stürzten, dann lief ich auch los, so schnell ich nur konnte. Mit Schwung sprang ich durch die offene Tür in das Rollhaus, bremste ab, und schaute mich um.

Aus dem Halbdunkel unter dem Tisch kam eine dünne, fast piepsige Stimme: „Bist du der Leo?"

Draußen, vor dem Blechkasten auf Rädern, war die Hölle los. Zweibeiner schrien, fluchten lautstark, rannten zwischen den Rollhäusern herum und brüllten sich gegenseitig an: „Schneid ihm den Weg ab!“, „Wie denn, du Idiot!“, „Jetzt wirf doch endlich!“, „Mit was denn, bitte sehr?“, „Pass auf, er kommt hier rüber!“, „Wo?“, „Ich hab ihn! Ich hab ihn!“, „Lass meine Frau los, du Depp!“

Dazwischen hörte ich Rocco kläffen: „Ja Leute, Bewegung, wer will noch mal, wer hat noch nicht? Hier bin ich! Hier, ihr Tränensäcke!“ Ihm schien das Spaß zu machen, und plötzlich rannte er an der offenen Tür unseres Rollhauses vorbei, bremste kurz ab und bellte rein: „Bist du drinnen, Kleiner?“ Und der Hund in der hinteren Ecke, den ich bis jetzt noch nicht bemerkt hatte, kläffte zurück: „Er ist hier, alles klar!“

Und Rocco bellte: „Passt! Ich hau dann jetzt ab. Machts gut!“ Dann biss er anscheinend eine Zweibeinerin, wohl mehr aus Versehen, denn die kreischte in höchsten Tönen, und das Brüllen der Männchen da draußen wurde noch lauter.

Ein kleiner, weißer Hund kam aus der hintersten Ecke des Rollhauses. Im Halbdunkel der Morgendämmerung konnte ich ihn kaum erkennen. Er lief an mir vorbei, schaute vorsichtig aus der offenen Tür nach links und nach rechts, und sagte dann zu mir: „Rocco ist weg. Und die Zweibeiner verfolgen ihn, wahrscheinlich bis an den Zaun. Die sind aber bestimmt gleich wieder da. Los, komm mit."

Er trottete in den hinteren Teil des Blechhauses. Dort stand ein Tisch, und dahinter, an der Wand entlang, war eine Sitzbank. Unter der Bank war ein rundes Loch in das helle Holz geschnitten. Der kleine Hund blieb davor stehen und sagte: „Da musst du rein. Da drinnen ist meine Schlafhöhle. Willst du noch ein bisschen Wasser oder so, bevor die Zweibeiner zurückkommen?"

Ich ging näher an den Kleinen heran, um ihn mir genauer anzusehen. Er war tatsächlich ein bisschen kleiner als ich, pummelig, mit strahlendweißem Fell und einem halben schwarzen Gesicht. Ein Ohr war ebenfalls schwarz, und das andere weiß.

„Ich bin Leonardo", sagte ich, und er meinte: „Ich weiß. Rocco hat mir das wichtigste erzählt. Ich bin Petro. Geh jetzt da rein und verhalte dich ruhig. Wir können später reden."

Ich kroch in die Höhle, die innen mit einem schwarzen, flauschigen Fell ausgelegt war. In einer Ecke lag ein gelbes, zerkautes Plastikspielzeug und ein ziemlich abgelutschter, übelriechender Kauknochen.

Schwere Schritte erschütterten den dünnen Boden, und ich kroch in die hinterste Ecke der Höhle. Dann hörte ich die Stimme, die zu den schweren Schritten gehörte: „Mach jetzt, Emma, bring das restliche Zeug unter, ich will losfahren, bevor hier wieder was abgeht.“

Dann hörte ich eine Zweibeinerin sprechen: „Ist ja gut, ich hab nur noch Kleinkram und die Fahrräder, die hinten drauf müssen. In ein paar Minuten können wir abdüsen.“

Der Mann ging an das andere Ende des Blechkastens, und plötzlich dröhnte ein Motor los, genau hinter mir, und das ganze Rollhaus erbebte. Bald darauf wurde eine Türe zugeworfen, und eine Frauenstimme sagte: „Alles klar zum Abflug, Käpt'n!“

Dann ging die Zweibeinerin am Tisch vorbei nach vorne, ließ sich in einen Sitz fallen, und das Gefährt setzte sich ruckelnd in Bewegung. Die Frauenstimme rief: „Petro, mein Süßer, geh schön in dein Körbchen und schlaf ein bisschen. Jetzt ist der böse Wauwau weg, und wir sind auch gleich fort von hier. Sei brav, geh in dein Körbchen, los, husch husch!“

Gleich darauf kam der Kleine zu mir, rollte mit den Augen und sagte: „Pfuh. Ich hasse es, wenn sie so mit mir reden. Ist bei dir alles ok?“

Ich nickte, und er sprach weiter: „Pass auf, es läuft so ab: Wir fahren jetzt in den Hafen, dort rollen wir mit dem Ding hier auf ein großes Schiff, auf dem viele Autos und Rollhäuser mitfahren. Dann geht es über das große Meer, eine ganze Nacht, bis zum nächsten Sonnenuntergang. Meine Zweibeiner sind aber während der Reise irgendwo in dem Schiff. Sie stellen mir Wasser und Futter hin, und holen mich alle paar Stunden mal raus, für das Geschäftliche, verstehst du?“

Das verstand ich zwar nicht, aber ich nickte. Er sagte: „Gut, meistens lassen sie oben die Dachluke offen, wenn du da irgendwie hochklettern kannst, dann bist du draußen und kannst machen, was du willst. Wenn die Zweibeiner dann alle irgendwann zu ihren Blechkisten zurücklaufen, musst du dir überlegen, was du tun willst, ja?“

„Kann ich nicht mit euch mit?“

Der kleine weiße Hund mit der einseitigen schwarzen Gesichtsmaske schaute mich im Halbdunkel der Höhle an und sagte: „Ich habe Rocco versprochen, dass ich dich hier rausbringe. Wenn wir auf dem Schiff sind, bist du draußen. Dann habe ich meinen Job erledigt. Über mehr habe ich mir, ehrlich gesagt, noch keine Gedanken gemacht.“

Das Blechhaus bremste ab, und ich wurde abrupt gegen eine Holzwand gedrückt. Petro zischte: „Psst! Ruhe jetzt!“

Wir hörten den Zweibeiner mit jemandem reden, der draußen, vor dem Rollhaus stand. Er sagte: „Hier, das müsste so stimmen, Giovanni, wir sehen uns dann im nächsten Jahr wieder.“ Und dann: „Trinken Sie?“ Die Stimme von draußen war schlecht zu verstehen: „Nein, Signore, ich trinke nicht.“ Darauf die Stimme im Auto: „Gut, dann brauchen Sie auch kein Trinkgeld.“

Das Rollhaus setzte sich wieder in Bewegung, und die Frauenstimme sagte: „Du bist manchmal so ein Ekel. Warum hast du dem Mann kein Trinkgeld gegeben? Es war doch alles ok in den drei Wochen, oder?"

Die Männerstimme antwortete gereizt: „Ok nennst du das? Einen Überfall von wilden Hunden nennst du ok?"

Sie: „Es war ein einziger, alter Hund. Und der hat sich wahrscheinlich verlaufen. Außerdem war er voll in Panik, der arme Kerl."

Er: „Alt? Panik? Hast du gesehen, wie flink der Bursche war?"

Sie: „Das war doch die pure Angst. Was natürlich erste Sahne war, das war, wie er die dicke Schmitz in ihren Elefantenhintern gebissen hat. Der hab ich das gegönnt, der doofen Schnecke!"

Er: „Hoffentlich kriegt der Hund keine Blutvergiftung." Beide lachten.

Dann hörte man nur das Brummen des Motors und das Surren der Reifen, die über den warmen Asphalt rollten. Nach einiger Zeit sagte der Mann: „Erzähl mir was Lustiges, ich werde müde."

Die Frau sagte: „ Wir sind noch gar nicht auf der Fähre, du bist jetzt schon müde? Ich sag ja immer, irgendwann muss man für sein ausschweifendes Leben bezahlen. Du hast wahrscheinlich deine Jugend dazu benutzt, um dein Alter zu ruinieren, was?"

Der Mann erwiderte: „Und du? Du hast dir sicherlich gedacht, wer einmal eine reizende alte Dame werden will, der muss als junges Mädchen damit anfangen, wie?"

Die Frau lachte übertrieben und betonte dabei jede Silbe: „Ha-Ha-Ha! Was sind wir wieder lustig, wie?" Und der Mann meinte: „Ist ja gut, mach lieber das Radio an."

Wir hörten eine kurze Zeitlang nichts, dann erklang Musik. Gesungen wurde in einer Sprache, die ich kannte, von den vielen Touristen, die jahraus, jahrein durch Mondello liefen: „Schöne Maid, hast du heut für mich Zeit … Ho … jaho … jaho …" Und dann wurde die Musik leiser und eine Stimme sagte: „Einen wunderschönen guten Abend, liebe Hörer im Ausland. Hier ist die Deutsche Welle auf 107 Komma 40 mit den aktuellen Weltnachrichten für Sie, wo immer Sie uns jetzt auch hören. Washington. Hillary Clinton hat heute ihre Kandidatur für das Amt des amerikanischen Präsidenten bekanntgegeben, aus Washington berichtet nun unser Korrespondent …." Mehr war nicht zu hören, denn die Stimme verschwand. Einer von den beiden da vorne drehte wahrscheinlich am Radio, und nun erklang italienische Musik: „Nessun Dorma", aus Turandot. Aber nicht von Pavarotti gesungen, sondern es war die Sparversion von Paul Potts.

Die Stimme des Zweibeiners ertönte: „Hab ich mir doch gedacht, dass die Präsidentin von Amerika werden will. Schon damals, als der Bill noch dran war, da wollte die doch am liebsten…" Die Stimme der Zweibeinerin unterbrach ihn: „Mein Lieber, du hast doch überhaupt keine Ahnung, wenn es um Weltpolitik geht. Soll ich dir mal was erzählen, ja?" Der Mann erwiderte nichts. Wahrscheinlich hatte er nur genickt, denn die Frau sprach sofort weiter: „Also, die Hillary, die war mal mit ihrem Bill unterwegs. Im Auto. Und da fahren die beiden also irgendwo im Niemandsland von Arizona an eine Tankstelle, lassen volltanken, und der Tankwart putzt derweil die Scheibe von ihrem Auto. Bill und Hillary schauen ihm von innen zu, und Bill sagt: ‚Ich will mich ja nicht loben, sowas tut man als Präsident nicht, aber jetzt stell dir bitte mal kurz vor, du wärst mit dem da draußen verheiratet, und nicht mit mir. Was wäre dann?' Und Hillary sagt zu Bill: ‚Dann wäre der da draußen heute der Präsident der USA'. Verstehst du, was ich dir damit sagen will, mein geliebter Mann?"

Der geliebte Mann murmelte was Unverständliches, und die Musik im Radio wurde lauter gedreht.

Das kann ja heiter werden, dachte ich, und sagte zu Petro: „Woher kennst du eigentlich den Rocco?"

Petro kam näher zu mir rüber, und legte sich hin, dann sagte er: „Ich kenne die ganze Bande. Ich war ja selber jahrelang dabei."

„Was, du bist von hier?"

„Si", meinte Petro, „Na ja, aus Mondello oder Palermo bin ich nicht, wenn du das meinst. Ich bin aus der Nähe von Corleone. Das ist im

Landesinneren. Bei uns gab es herrliche Wälder und kleine Seen. Der schönste Monat war immer der Mai. Da war der Duft der Zitronenblüten am intensivsten. Und im Mai, da wurde auch viel gefeiert, bei uns im Dorf.

Das war eine gute Zeit, damals. Die Menschen in Corleone waren jeden Tag auf den Äckern und Feldern, von morgens bis abends. Mittags haben sie im Schatten der Bäume gegessen, getrunken, und dann ein bisschen geschlafen, und wir konnten manchmal ein paar Leckerbissen klauen. Außer am Sonntag. Da gingen sie vormittags zur Kirche. Die Männer in alten, schwarzen, aber blitzsauberen Anzügen und in weißen Hemden, die bis obenhin zugeknöpft waren. Alle hatten ihre schwarzen Hüte auf und sahen sehr ernst aus. Und die Frauen in schweren, schwarzen Kleidern, mit weißen Rüschenblusen und schwarzen Kopftüchern, die gingen hinter den Männern und tratschten leise. Auch die Kinder waren am Sonntag alle in Schwarz und Weiß gekleidet. Am Dorfplatz standen sie dann alle in Gruppen zusammen und haben in der heißen Morgensonne gewartet, bis die Glocken zu läuten begannen. Dann gingen sie schweigend in die Kirche.

Nach der Messe war für uns immer die schönste Zeit. Die Frauen gingen mit den Kindern schnell nachhause, um das Mahl vorzubereiten. Und die Männer marschierten in die Kneipe am Dorfplatz, und tranken Wein und aßen kleine, fette Würste mit Weißbrot. Die Pellen und ab und zu ein Brot haben sie uns rübergeworfen, und wir sind um die Wette gelaufen und gesprungen, um was zu erwischen. Für die Männer war das nur ein Spaß, aber für uns war das der beste Tag der Woche. Ich war zwar der Kleinste und bin von den Großen immer veräppelt worden, aber das war schon ok, so. Dafür war ich einer der schnellsten, wenn es um die Wurst ging."

Petro schniefte, räusperte sich, und redete dann weiter: „Weißt du, von mir aus hätte das Leben immer so weitergehen können. Ich war zufrieden, ich war nie so richtig hungrig, denn irgendwas fanden oder bekamen wir immer. Und in den vielen kleinen Seen gab es klares, kaltes Wasser, und in den Pinienwäldern schattige Plätze zum Schlafen.

Dummerweise bin ich dann eines Tages in ein Auto gesprungen, das vor der Dorfkneipe stand, weil ich Fleisch gerochen hatte. Damals haben viele Leute bei uns im Dorf die Autotüren aufgelassen, wenn sie schnell mal in die Bar gingen oder so. Wegen der Hitze, verstehst du? Dass es im Auto nicht so heiß war, wenn die zurückkamen. Egal, kaum war ich drin, kam ein Zweibeiner, warf die Türen zu und fuhr los. In Mondello hat er mich bemerkt und aus dem Auto geworfen. Ich bin zum Fischerhafen runter gelaufen und habe in einer Kiste geschlafen. In der zweiten Nacht haben mich Rocco und die Jungs gefunden und in die Bande aufgenommen.

Alleine hätte ich das nicht überlebt. Dann, eines nachts, wir waren gerade dabei, eine Mülltonne zu leeren, kamen ein paar Kerle von Luca, dem Frosch, angetorkelt. Die waren betrunken wie die Seeräuber. Sie haben uns entdeckt, dann hat einer seine Pistole gezogen und hat zwei von uns erschossen. Einfach so, nur zum Spaß. Ich wollte weglaufen, aber einer der Männer hat mich mit dem Fuß getreten, und ich bin durch die Luft geflogen, wie ein Fußball. Ich prallte gegen eine Wand, fiel runter und blieb bewusstlos liegen. Die Kerle dachten wohl, ich sei tot, und sind singend weitergetaumelt."

„Und dann?"

„Na ja, die beiden Zweibeiner da vorne, die haben mich gefunden und zu einem Arzt gebracht. Dann haben sie mich mitgenommen in ihr Land. Und da lebe ich seit ein paar Jahren. Aber in jedem Jahr kommen die beiden für ein paar Wochen hierher zurück. Ich bleibe dann die meiste Zeit hier drinnen im Rollhaus, oder ich laufe auf dem Platz rum. In Mondello war ich aber seit der schlimmen Nacht von damals nie wieder. Rocco und die Jungs schleichen sich während der Dunkelheit öfter durch das Loch im Zaun in das Rollhaus-Dorf und suchen nach Essbarem. Daher wusste er, dass ich hier bin."

Das musste ich erstmal alles verdauen, dann fragte ich ihn: „Sag mal, was bist du eigentlich, und wie alt bist du?"

„Ich bin ein Chiwe, das ist halb Chihuahua und halb Westi, verstehst du? Und wie alt ich bin, das weiß ich selber nicht so genau, vielleicht sieben oder acht Jahre, nach der Zweibeiner-Rechenweise, meine ich. Und du?“

„Ich weiß es auch nicht so sicher, aber ich glaube, dass ich noch kein Zweibeiner-Jahr alt bin. Warum?“

„Weil ich gehört habe, was du mit Don Luca gemacht hast. Rocco hat es mir vorhin erzählt. Du bist jetzt schon eine Legende, Mann. Die werden für immer und ewig deine Geschichte weitertragen, unten in der Bucht von Mondello, da bin ich mir sicher. Du hast das getan, was man in so einem Fall tun muss. Du hast Blut mit Blut vergolten. Er hat das Leben deiner Mutter genommen, und du hast dir eines seiner Augen geholt. Du bist ein Mann von Ehre, Leonardo, und ich habe Respekt vor dir. Die meisten von uns und auch von euch hätten nicht diesen Mut gehabt, den du bewiesen hast. “

Er überlegte eine kleine Weile, dann sagte er: „Weißt du was? Komm doch mit uns. Wir wohnen auf einer kleinen Insel, in einem großen See. Nicht so groß wie das Meer, aber fast, glaube ich. Mit den anderen Katzen wirst du super klarkommen, und die Hunde sind nicht so übel, wie man denkt. Überleg dir das. Ich helfe dir gern, wenn du das willst, ja?“

„Merkwürdig“, sagte ich, „Aber meine Mutter ist mir im Traum erschienen, und sie hat gesagt, dass ich auf einer kleinen Insel leben werde. Und du bietest mir jetzt genau das an.“

„Was hat sie denn noch so alles gesagt, deine Mutter?“

Mich überfiel wieder diese unendliche Traurigkeit, und ich musste erst mal schlucken, bevor ich weiterreden konnte: „Ob sie das in Worten sagt, das weiß ich nicht. Aber seit sie tot ist, sehe ich sie, wenn ich einschlafe. Und sie ist ja auch erst einen Tag tot. Weißt du, sie hat das von der kleinen Insel im großen See gesagt, und auch, wie ich da hinkomme. Ich meine, sie sagt das nicht wirklich, verstehst du? Ich sehe sie im Traum, und dann habe ich die Worte im Kopf. Ihre Worte."

„Wie kommst du denn dahin? In einem Rollhaus? Mit uns? Hat sie das so gesagt?" Petro schaute mich neugierig an.

„Nein", sagte ich, „Sie hat gesagt, ein großes Schiff wird mich über das Meer tragen, ein Schiff mit mächtigen Flügeln aus Rauch und Asche. Und ein kleineres Schiff wird mich dann auf die kleine Insel bringen, und da wird es sehr schön sein."

Wir schwiegen eine Weile, dann ging ein Ruck durch das Rollhaus, und dann stand es still. Der Motor verstummte, und die Frauenstimme war zu hören: „Petro? Wo ist denn mein Petrochen? Komm zu Mami, sei ein braves Hundchen, komm!"

Petro schaute mich im Halbdunkel der Höhle an und raunte: „Wie ich es hasse, wenn sie so mit mir redet. Aber ich muss jetzt raus zu ihr, sonst versucht sie wieder, ihren dicken Kopf hier reinzustecken. Verhalte dich ruhig, ich komme gleich wieder, ja?"

Ich nickte und Petro verließ die Höhle, ich flüsterte ihm nach: „Hey! Das Schwanzwedeln nicht vergessen, mein Petrochen!"

Dann hörte ich das Schlagen von Türen und Klappern von Schubladen. Die Frau sprach leise mit Petro, ich konnte ihre Worte aber nicht verstehen. Der männliche Zweibeiner sagte mit nörgelnder Stimme: „Wo ist denn jetzt wieder mein blaues Hemd? Ich hab doch mein blaues Hemd hier irgendwo, oder? Jetzt lass doch endlich den Hund, der verhungert schon nicht. Hilf mir lieber, mein Hemd zu finden."

Die Frau erwiderte: „Dein blaues Hemd hast du so oft angehabt, dass es mittlerweile von selber stehenbleibt, wenn ich es hierherstelle. Nimm das gelbe."

Der Mann murmelte was Unverständliches, Schubläden gingen mit einem Knall auf und zu, und dann kam Petro wieder in die Höhle und flüsterte: „Sie gehen jetzt weg, was essen. Das große Schiff, das die vielen Autos und Rollhäuser mitnehmen kann, das fährt erst spät in der Nacht aus dem Hafen. Deswegen gehen meine Beiden jetzt rum und schauen, wo sie was zu essen kriegen, das ihnen schmeckt. Weißt du, meine Zweibeiner wollen immer zu einer Zeit essen, zu der unsere Leute hier noch Siesta machen oder in der Bar irgendwelche Sachen trinken. Und meine Beiden wundern sich dann immer, warum sie in vielen Lokalen noch nichts kriegen, wenn die Sonne noch voll am Himmel steht. Na, manche Sachen lernen sie eben nie. Aber sonst sind sie nett."

„Und wie ist das in dem Land, in das wir jetzt reisen?", fragte ich.

Petro zuckte mit den Schultern und meinte: „Da ist so einiges anders, als du es gewohnt bist. Die Zweibeiner stehen mit der Sonne auf und essen sehr früh sehr viel. Dabei lesen sie in einem großen Papier, das Zeitung heißt. Kannst du dir das vorstellen? Also, ich würde mir dabei aus Versehen in die Pfoten beißen. Egal. Dann essen die mittags, immer dann, wenn die Sonne am höchsten steht, und auch da sehr viel. Und dann futtern sie natürlich wieder, wenn die Sonne noch gar nicht weg ist.

Dabei könnten sie auch später essen, wie wir in unserem Land auch, denn sie haben ja alle Licht in den Häusern. Und zwischendurch gibt es auch noch meistens süße Sachen am Nachmittag, und dazu trinken sie eine Art von heißem Wasser, das sie Kaffee nennen. Das ist ganz schwarz und schmeckt fürchterlich. Das weiß ich genau. Meiner Zweibeinerin ist nämlich mal ein Behälter mit dem schwarzen und fürchterlich heißen Wasser runtergefallen, und ich habe das Zeug probiert. Grässlich, sage ich Dir, und man kriegt auch noch Herzklopfen davon. Und auch beim Essen und Trinken lachen und singen die nicht so viel wie bei uns früher, in Mondello. Sie machen auch keine Siesta, was ich sehr merkwürdig und ungesund finde. Und das Futter, das sie uns geben, und auch euch Katzen, das kommt meistens aus blechernen Dosen, aber es schmeckt wirklich sehr gut. Ich weiß immer noch nicht, wo die Bäume stehen, auf denen diese Dosen wachsen."

„Aber die Zweibeiner dort, die werfen doch wenigstens Fischköpfe und Essensreste aus dem Fenster, so, wie das die Leute unten im Hafen immer machen, oder?" So langsam wunderte ich mich nun schon über diese eigenartige und fremde Lebensweise.

„Vergiss es", sagte Petro, „Dazu sind die wahrscheinlich zu geizig. Ich habe das in all den Jahren auf der kleinen Insel noch nie erlebt, dass die was Essbares aus dem Fenster werfen. Was die nicht mehr essen können, das stellen die in große, brummende Schränke. Weißt du, auf unserer Insel, da sind jeden Tag viele Zweibeiner. Die kommen mit Schiffen, laufen bei uns rum, schauen überall rein, und kaufen sich Essen, das in Papier gewickelt ist. Was sie dann nicht mehr mögen, werfen sie in große Eimer am Wegesrand."

„Für uns?" ‚So schlecht klingt das doch gar nicht', dachte ich.

Petro schüttelte den Kopf: „Nein, das ist es ja eben, was ich bis heute nicht begreife. Irgendwann kommen zwei kleine, dicke Männer, und kippen das, was in den Eimern ist, auf kleine gelbe Autos und nehmen es mit. Und wir haben keine Ahnung, wo die das gute Futter hinbringen. Auf jeden Fall in Säcken auf ein Schiff, und dann ist es weg."

Mir wurde klar, dass ich dort, in der Fremde, noch viel zu lernen haben würde. Ich sagte: „Gut. Was passiert, wenn wir heute auf dem großen Schiff sind, in das die Autos und Rollhäuser kriechen? Wo kann ich da hin?“

Petro schaute mich an und antwortete: „Wo willst du hin? Du kommst doch mit uns, in unser Land. Du wirst es mögen, auch wenn dir bei uns so einiges sehr komisch vorkommen wird.“

„In meinem Kopf sind so viele Dinge“, sagte ich, „Ich muss darüber nachdenken.“ Dann legte ich mich in eine Ecke der Höhle und schlief vor Erschöpfung ein. Bald war meine Mutter wieder bei mir. Sie saß auf einem Stein, an einem blauen Wasser, und ich war ihr irgendwie ganz nahe.

„Hab keine Angst, Leonardo. Geh in das fremde Land. Du wirst dort ein sehr schönes Leben haben. Geh nicht zurück nach Mondello. Ich bin bei dir, mein Kleiner, wann immer du mich brauchst.“

Wie viel Zeit dann verging, weiß ich jetzt nicht mehr, aber ich wurde wach, weil Petro mich anstubste: „Leo, hey, ist alles klar bei dir?“

Ich schaute verwirrt auf, und er sagte: „Du hast gestöhnt und geweint, Leo, tut dir was weh? Ich geh schnell mal vor zum Napf, ja?“

Ich schüttelte den Kopf und bemerkte dann, dass sich das Rollhaus wieder bewegte. Die Zweibeiner vorne lachten und redeten, und ich spähte vorsichtig aus dem kleinen, runden Loch hinaus. Es war dunkel geworden, und ich sah Petro, der draußen, einen Meter weiter, an seiner kleinen, silbernen Schüssel stand, und Wasser trank. Da erst merkte ich, dass ich eine trockene Kehle hatte, und einen Riesendurst. Petro sah mich und kam näher: „Wenn du Wasser willst, dann geh jetzt vorsichtig zu der Schüssel da vorne. Die beiden können dich nicht sehen, da ist ein Vorhang, und hinter dem Vorhang, sitzen sie auf zwei Stühlen und machen irgendwas, damit sie das Rollhaus auch dahin fährt, wo sie hinwollen."

Wir fuhren in eine Kurve, ich verlor das Gleichgewicht und taumelte. Dann schlich ich aus der Höhle und ging unter dem Tisch und an der Wand entlang zu der Wasserschale. Das Wasser darin war lauwarm, aber gut. Daneben stand eine andere Schüssel, und die war halb voll mit trockenen, kleinen Bällchen. Ich probierte ein paar davon, und auch die schmeckten richtig gut. Über die Schulter schaute ich zur Höhle und sah den Kopf von Petro. Der nickte mir zu, und ich aß noch einige von diesen kleinen, staubtrockenen Brocken, die nach Fleisch schmeckten. Diese Art von Fleisch hatte ich vorher noch nie probiert.

Ich ging schnell wieder zurück unter den Tisch, denn das Rollhaus wurde langsamer und blieb stehen. Ich hörte einen Zweibeiner von draußen reden, dann den, der vorne saß, dann dröhnte der Motor los, und plötzlich schien sich das Blechhaus nach oben zu bewegen. Es klang auch alles auf einmal ganz anders.

Ich lief in die Höhle, und Petro sagte: „Jetzt sind wir gerade auf das große Schiff gefahren. Nun dauert es nicht mehr lange, dann gehen meine Zwei weg, und wir haben die Blechhütte hier für uns alleine."

Es roch auch plötzlich ganz anders. Nach heißem Öl, nach großen Maschinen, nach Rauch und Stahl und nach Gummi. Und alle Geräusche, die von draußen hereinkamen, hatten ein ganz merkwürdiges Echo und klangen lauter und schärfer als noch vor einer Minute. Ich hörte viele Motoren, und Reifen, die auf Stahl quietschten. Dann, nach einer ziemlich langen Zeit, wurde es still da draußen. Vereinzelt klapperten noch Autotüren, man hörte Stimmen, die in vielen Sprachen ertönten, und ein Wirrwarr von Lachen, Schreien und Singen.

Dann wurde es wieder still. Aber nur für kurze Zeit. Ein mächtiges Dröhnen erklang, unser Rollhaus erzitterte.

„Wir fahren jetzt aus dem Hafen", sagte Petro, und ich fragte: „Woher weißt du das?"

„Weil mich meine Beiden schon mal mit nach oben, auf den Rücken des Schiffes genommen haben. Von dort aus sieht man über den ganzen Hafen, und wie das Schiff rausfährt."

Er überlegte eine Weile, dann grinste er und sagte: „Hey, weißt du, was mir jetzt einfällt?"

Ich schaute ihn an, schüttelte den Kopf, und er sprach weiter: „Wenn man da oben ist, auf dem Blechrücken dieses riesigen Schiffes, dann sieht man die beiden langen Rohre, die nach oben zum Himmel zeigen. Aus denen kommt viel schwarzer Rauch. Und wenn dann draußen, auf dem Meer, der Wind von vorne bläst, dann teilen sich die beiden dicken und dunklen Rauchfahnen links und rechts auf und liegen schräg unter den Wolken. Und das sieht dann aus, als ob das riesengroße Schiff zwei mächtige Flügel hätte. Flügel aus Rauch und Asche. Das ist doch genau so, wie deine Mutter es dir gesagt hat, oder?"

Der stille König

Die beiden Zweibeiner diskutierten im vorderen Teil des Rollhauses. Wir hörten erst nur undeutliches Stimmenwirrwarr, aber dann wurde der Vorhang zur Seite geschoben, schwere Schritte erklangen, und wir verstanden, um was es ging.

Er, mit grollendem Tonfall: „Nein, nein und nochmal nein. Und das ist jetzt mein letztes Wort. Basta! Da kannst du dich jetzt und hier von mir aus auf den Kopf stellen und mit den Zehen wackeln."

Sie, mit spitzer Stimme: „Das hatte ich gar nicht vor, mein Lieber. Ich finde nur, wir können ihn zum Essen mit nach oben nehmen. Die Breumers nehmen ihren süßen kleinen Pudel ja auch mit, das hat sie mir vorhin unten im Hafen noch gesagt. Ich weiß gar nicht, was du hast. Wir nehmen ein Kissen mit und legen es unter den Tisch, dann ist Ruhe beim Essen. Na, was meinst du?"

Er, jedes Wort langsam aussprechend und betonend: „Was bitte ist an dem Wort „Nein" so schwer zu verstehen?"

Ich schaute Petro im Halbdunkel der Höhle an und flüsterte: „Essen die beiden echt unter dem Tisch?"

Petro schüttelte den Kopf und raunte: „Nein, Mann, viel schlimmer. Die wollen mich mit hoch nehmen. Ich soll dann die ganze Zeit auf dem dämlichen Kissen ruhig unter dem blöden Tisch liegen und ein freundliches Gesicht machen, während die über mir futtern, bis es nicht mehr geht. Und den doofen Pudel kann ich sowieso nicht ab."

„Welchen Pudel?"

Petro stieß die Luft aus und wisperte: „Die Breumers, das sind Zweibeiner aus einem Dorf, das heißt Rosenheim oder so. Die sind auch immer auf dem Platz in Mondello, wenn wir da sind. Und die fahren auch nach Hause, wenn wir abreisen. Gut, was? Die haben ein Rollhaus, so wie dieses hier. Und einen verblödeten Pudel. Mann, auf den hab ich jetzt überhaupt keinen Bock."

„Ich kenne keine Pudel", sagte ich, „Warum sind die blöd?"

„Die sind nicht alle blöd, glaube ich, nur der hier. Aber der ist sowas von behämmert, der würde nicht mal alleine aus einer Papiertüte rausfinden. Mein Zweibeiner hat mal gesagt, dem Doofkopp was beibringen? Das ist, als ob man versucht, einen Stein zu melken. Keine Ahnung, was er damit gemeint hat, aber meine Zweibeinerin hat furchtbar darüber gelacht. Den Pudel ignoriere ich noch nicht mal. Aber es ist ja nicht nur das. Schlimm ist auch, dass Zweibeiner abends, wenn sie zum Essen gehen, anders riechen als tagsüber. Das steigt mir dann immer so in die Nase, dass ich dauernd niesen könnte."

Verwirrt frage ich: „Warum riechen Zweibeiner abends anders?"

„Mann, Leo, ich sagte, wenn sie abends weggehen", flüsterte Petro, „Pass auf, es ist so: Die duften sich mit was ein, und plötzlich riechen die ganz anders, und zwar eindeutig schlechter."

„Wie machen die das?"

„Ach Leo, wo hast du denn gelebt, Junge? Also, die Zweibeiner haben so kleine, farbige Behälter, und die halten sie sich unter die Nase oder an den Bauch, und plötzlich kommt aus den kleinen Dingern ein nasser Dunst raus, und zack, fangen die Zweibeiner an, schlecht zu riechen. Das geht ja noch. Aber die Zweibeinerinnen, Mann, die nebeln sich mit mehreren Gerüchen ein, und das ist dann echt übel."

„Und warum machen sie das?"

„Leonardo", seufzte Petro. „Eigentlich bist du ein weiser Kater, weil du zu deinen Fragen meistens auch gleich die Antworten mitlieferst. Ganz einfach: Warum? Weil sie es können."

Das Gespräch der beiden da draußen ging weiter: „Schau mal. Peterli, wenn wir morgen abend auf die Autobahn fahren, dann ist der Kleine wieder mindestens sechs oder acht Stunden in dem heißen Auto hier drinnen."

Er: „Ich ja auch. Ich muss die Mühle hier sogar fahren. Und warum? Weil du ja selbst bei Tag nachtblind bist. Und weil man, wie du immer sagst, nicht sieht, wo das Auto hinten aufhört. Und das verunsichert dich. Nur mal am Rande: Wenn man auf einer geraden Autobahn, am hellichten Tag, zügig mit 120 in der Stunde vorwärts fährt, warum muss man dann exakt wissen, wo das Auto hinten aufhört?

Kannst du mir in kurzen Worten und in meiner Sprache erklären, warum das so ist? Und nenn mich nicht immer „Peterli“, du weißt, wie ich das hasse.“

Sie: „Gut, ich nenne dich nie, nie, nie wieder so, und du trägst dafür sein Kissen, ja?“

Er holte tief Luft, aber sie küsste ihn mit einem lauten Schmatz und sagte: „Bist ein Schatz. Ich habs gewusst.“ Dann rief sie: „Petro! Wo ist denn mein Hübscher? Komm zu Mami, Petro!“

Ich schaute ihn an, er zog eine Grimasse und meinte: „Das Leben ist ungerecht. Bis später. Mach es dir gemütlich.“ Dann schlüpfte er mit hängendem Kopf aus der Höhle. Ich rief ihm nach: „ Hey, und immer schön mit dem Schwanz wedeln!“

Es wurde still um mich rum. Vereinzelt hörte ich von draußen noch Stimmen und Türen zufallen. Dann war nur noch das leise Motorengeräusch zu hören, und das sanfte Vibrieren des Bodens machte mich schläfrig. Ich ging aus der Höhle, trank etwas Wasser und aß ein paar von den trockenen Brocken. Dann schaute ich mich um.

Das Rollhaus war wie eines von den großen Fischerbooten eingerichtet, das ich mal von innen gesehen hatte, als es nach dem großen Sturm am Strand lag. Nur viel schöner. Es gab den Tisch und die Sitzbank, die um eine Ecke ging. Dann waren die Geräte und Dinge zu sehen, mit denen sich die Zweibeiner wohl ihr Futter warm machen. Auch das ist so etwas, das ich lange nicht verstanden habe: Warum muß man sich sein Futter warm machen?

Neben den glänzenden Gegenständen war eine Tür, und geradeaus nach vorne, da war nochmal eine Tür, die in eine kleine Kammer führte, aus der ich vor ein paar Minuten noch Wasser rauschen hörte. Auch das war sehr merkwürdig. Na ja, und dann gab es noch den Vorhang, der das Rollhaus in einen kleinen Raum mit zwei Sitzen und einem Rad, das vor einem der Sitze befestigt war, und den anderen, den großen Raum, unterteilte. Und neben dem Vorhang führte eine kleine Leiter steil nach oben, in eine größere, dunkle Höhle. Da schliefen wohl die Zweibeiner. Ich ging zurück unter den Tisch, überlegte es mir dann aber doch anders und sprang auf die Bank hinter dem Tisch. Weiche Kissen lagen da, in hellen Farben. Sehr gemütlich. Ich legte mich hin, und vor Erschöpfung und wegen der Strapazen des langen Tages fiel ich sofort in einen tiefen Schlaf.

Nach kurzer Zeit erschienen Bilder in meinem Kopf. Ich saß am Strand von Mondello, neben einem der alten, blau-weißen Fischerboote, und die warmen Sonnenstrahlen und der tiefblaue Himmel machten mich froh. Der Sand war auch schön warm, und das blaugrüne Wasser glitt sanft über die Steine, den Sand und die Muschelschalen.

Plötzlich wurde das Licht der Sonne heller, und meine Mutter saß neben mir. Sie lächelte mich mit einer Güte und Sanftheit an, dass ich mich im Schlaf wohlig streckte. Dann sagte sie: „Leonardo, mein Liebling, sieh nur, wie weit du heute schon gekommen bist. Wenn du möchtest, zeige ich dir deine neue Heimat. Kommst du mit?“

Ich nickte stumm und sie sprach weiter: „Wir beide, wir können fliegen, mein Kleiner. Schau, wie ich es mache, und trau dich einfach.“

Sie hob die Vorderpfoten, streckte sich wie zu einem Sprung und schwebte plötzlich über mir. Ich setzte mich auf, hob ebenfalls die Pfoten hoch, und ... ich flog!

Es war ein unbeschreibliches Gefühl. Ich konnte fliegen! Schwerelos glitt ich zu den Wolken. Meine Mutter war schon weit über mir, aber ich brauchte nur die Pfoten höher zu heben, und schon war ich bei ihr. Sie lachte und sagte: „Komm mit, hab keine Angst.“

Und wir schwebten immer höher. Die Luft war warm, und sie trug uns, wohin wir wollten. Schnell glitten wir durch die wenigen Wolken und flogen über das Meer, und sahen bald darauf eine grüne Küste und viele Häuser und Schiffe, weit unter uns.

„Das ist eine alte und wunderschöne Stadt. Die Zweibeiner nennen sie Genua. Morgen wirst du ein bisschen davon sehen. Komm, wir fliegen weiter.“

Wir stiegen noch höher in den blauen Himmel auf, und bald waren viele Berge unter uns. Aber sie hatten nicht die satte, grüne Farbe, oder das Steingrau des Ätna, das ich kannte. Diese Berge und auch viele Täler waren weiß.

Das ist nur ein Traum, dachte ich, und meine Mutter schaute zu mir herüber und sagte: „Das auf den Bergen und in den Tälern, das ist Schnee, mein Liebling."

„Was ist das?"

„Wenn dem Himmel kalt ist, dann gefrieren die Tränen der Wolken, und was dann nach unten schwebt, das ist weiß. Und das bleibt so, bis sich die Sonne erbarmt, und den gefrorenen Tränen ihre Freiheit wiedergibt."

„Ist das alles wunderschön, Mama. Aber das Träume ich doch nur, oder?"

Sie schaute mich liebevoll an und sagte: „Ja. Deine Zukunft gehört dir, Leonardo, wenn du nur stark genug bist, und an die Schönheit deiner Träume glauben kannst. Und wenn du einen besonders schönen Traum hast, dann mußt du ihn beschützen. Viele können das nicht, mein Kleiner, und sie werden dir einreden wollen, dass du das auch nicht kannst. Aber wenn du das, was du träumst, auch wirklich willst, dann mach es einfach. Schau!"

Sie drehte sich im Flug einmal spielerisch um sich selber und lachte. Ich drehte mich auch, und mich überkam ein Glücksgefühl wie ich es noch nie in meinem Leben hatte.

„Na, siehst du!" Sie war wieder ganz nah bei mir und sagte: „Träume sind der Platz zwischen Wachen und Schlafen. Und das ist auch der Ort, wo ich immer auf dich warten werde, Leonardo. Ich werde in deiner Traumwelt immer für dich dasein, und ich werde dich auf ewig lieben und beschützen, mein Kleiner."

Ich kam aus dem Staunen nicht mehr heraus. Hinter den vielen mächtigen Bergen wurde das Land dann schnell wieder flach und grün. Große und kleine Seen waren da unten, aber einer, der war riesengroß. Von rechts vorne kam er in mein Blickfeld, und meine Mutter rief: „Da, schau, Leonardo, das da vorne ist dein neues Meer."

Kurz darauf flogen wir über diesen glitzernden See, auf dem sich viele Boote mit strahlend weißen Segeln tummelten, und ich rief: „Schau, die vielen Fischer da unten!"

Und meine Mutter sagte lachend: „Das sind keine Fischkutter, mein Kleiner, das sind Boote, die man nur so zum Spaß hat. Aber schau, da vorne unten, siehst du die Insel mit dem Schloss drauf? Daneben ist eine kleinere Insel mit Häusern, und das ist dein neues Reich. Schau es dir genau an, Leonardo, hier wirst du wie ein kleiner König leben."

Wir glitten tiefer, und ich sah unten, auf dieser kleinen und sehr grünen Insel viele Zweibeiner, ein kleines Rudel Hunde, das auf einer Wiese mitten auf der Insel herumtobte, und auch ein paar Katzen waren zu sehen. Es sah alles sehr schön, sehr sauber und friedlich aus.

Ich blickte zu meiner Mutter, die neben mir flog, und plötzlich wurde alles trübe um mich rum. Ich taumelte und stürzte in die Tiefe. Der strahlendblaue

Himmel wurde schwarz, und ich konnte meine Mutter nicht mehr sehen. Ich rief nach ihr, laut, bekam aber keine Antwort. Ich überschlug mich in der Luft und fiel immer schneller. Etwas rüttelte an meiner Schulter. Ich riss erschrocken die Augen auf und sah … Petro.

Der glotzte mich ganz hysterisch an und zischte: „Los, Mann, aufwachen und ab in die Höhle! Die Zweibeiner sind jeden Moment hier drinnen, die stehen schon vor der Tür. Ich kann sie hören."

Und schon vernahm auch ich ihre Stimmen, draußen vor dem Rollhaus. Die Männerstimme sagte: „Ja klar, das war ein echt nettes Mitternachtsessen. Was? Nein, ich will kein Bier mehr, danke. Wir holen nur noch schnell ein paar Decken und hauen uns oben in einem Schlafsessel aufs Ohr, und das solltet ihr auch machen. Wir haben einen langen Tag hinter uns. Aber morgen ist ja Erholung auf See angesagt. Gute Nacht, Tschau, bis morgen."

Eine Frauenstimme antwortete, ich konnte aber nicht verstehen, was. Unsere Zweibeinerin rief: „Ja, dann bis morgen. Auch euch eine gute Nacht, oder was davon noch übrig ist. Wir treffen uns morgen beim Frühstücksbuffett. Wer zuerst kommt, trinkt umsonst. Also, bis dann."

Dann hörte ich Lachen, die Tür wurde aufgeschlossen und geöffnet, und ich machte, dass ich in die Höhle kam. Polternde Schritte waren zu hören, dann wurde Licht eingeschaltet, und der Zweibeiner sagte: „Ich mag die Breumers ja auch ganz gerne, aber irgendwie ist man auch froh, wenn man die wieder von der Backe hat."

„Ist ja gut", sagte die Frau, „Jetzt bist du sie für ein ganzes Jahr los. Morgen haben wir noch den Tag auf See, und dann sind wir bald zuhause. Ich freu mich schon richtig auf mein eigenes Bett."

„Warum fährt man dann eigentlich weg, wenn man sich doch bloß auf zuhause freut?"

„Jetzt sei doch nicht so unromantisch." Das war wieder die Stimme der Zweibeinerin: „Es ist doch auch ganz schön, mal für zwei Wochen rauszukommen, oder? Du, ich glaube, wir haben nicht mehr genug Wasser. Soll ich morgen noch schnell ein paar Flaschen aus dem Automaten holen? Oder gehen wir in Genua noch in einen Supermarkt und kaufen welches?"

„Nein, verdünn es doch", sagte der Mann, und die Zweibeinerin warf irgend was Weiches nach ihm. Es muss wohl eines der Kissen gewesen sein, auf denen ich vorhin gelegen hatte, denn der Zweibeiner sagte plötzlich in einer ganz anderen Stimmlage: „Hier! Das da sind Katzenhaare, mitten auf dem Kissen. Wo kommen die denn her? Und ganz warm ist es auch. Hier war doch wohl keine Katze drin, oder?"

Die Frau erwiderte: „Gib mal her!"

Ein Schnüffeln war zu hören, dann sprach die Frau wieder: „Du hast recht. Das sind Katzenhaare. Und das Kissen riecht auch nicht nach unserem Petro. Es riecht irgendwie ganz anders. Das ist ja merkwürdig." Dann sagte sie: „Schau mal, die

Dachluke ist offen. Vielleicht ist da eine Katze rein, hat ein bisschen gedöst, und ist abgehauen, als wir zurückkamen."

Jetzt wieder seine Stimme: „Ich hab ja gesagt, wir lassen den Hund da. Wenn der hier drinnen gewesen wäre, dann hätte sich nie und nimmer eine Katze reingetraut. Aber nein, du mußt dich ja immer und überall durchsetzen. Das hast du jetzt davon."

Und die Frau erwiderte: „Jetzt reg dich mal nicht künstlich auf! Es ist ja nichts passiert. Schau nur, wie uns der kleine Petro verstört anblickt. Den hast du jetzt ziemlich irritiert mit deinem Gerede. Komm her, mein Kleiner, es ist ja alles gut. Komm zur Mutti."

„Wer, ich?" Das war wieder der Zweibeiner.

„Nein, du nicht. Du hast dir heute wiedermal alles selber vermasselt. Komm, mein kleiner Petro, Mami bringt dich jetzt schön in dein kleines Kämmerchen, und dann schläfst du ein paar Stunden, ja?"

Petro kam, von einer flachen Hand am Hinterteil geschoben, in die Höhle gestolpert zu mir rüber, und sagte leise: „Das war eine Superidee von dir, dass du auf dem Kissen auf der Bank gelegen bist. Stell dir bloß mal vor, die würden jetzt hier drinnen rumsuchen, mein lieber Scholli!"

Ich kroch in die hinterste, dunkle Ecke, und Petro legte sich vor mich hin. Dann hörte ich, wie der Zweibeiner ächzend und stöhnend die Leiter zu seinem Schlafplatz hochstieg und was holte. Zu der

Frau sagte er: „Ich geh schon mal rauf und schau, wo unsere Schlafsessel sind. Das find ich ja immer wieder aufs neue blöd, dass man nicht hier unten im Wohnmobil pennen kann."

„Sei froh, dass wir wenigstens jetzt noch mal schnell hier reinkönnen. Es gibt Fähren, da darf man überhaupt nicht zu den Autos, solange das Schiff auf See ist. Und das ist auch gut so. Stell dir nur vor, es brennt oder so. Und jetzt hör auf zu nörgeln und geh. Ich komme in fünf Minuten nach."

Ich hörte eine Tür zufallen und kroch zu Petro rüber: „Und, wie war es draußen?", flüsterte ich.

„Ach, eigentlich ganz nett. Die Zweibeiner haben sich wieder gegenseitig von der letzten Reise erzählt, und meine haben gelogen wie gedruckt. Die anderen aber auch."

„Warum?"

„Keine Ahnung", flüsterte Petro. „Die anderen waren ja im letzten Jahr ausnahmsweise woanders, sonst fahren die Vier immer zusammen los, und dann auch immer auf den Rollhaus-Platz in Mondello. Aber die Pudel-Leute waren im vorigen Jahr in einem Land, mit einem Namen, der klingt wie eine Krankheit. Von dem Land habe ich noch nie was gehört."

„Wie heißt das Land denn?" Ich versuchte, Petros Gesicht zu sehen, aber es war zu dunkel.

„Irgendwas mit Kr …,Kro …,Kra …? Gibt es ein Land, das Krähenland heißt?"

„Vielleicht, ich weiß es nicht. Aber meinst du Kroatien?"

„Genau", rief er, dann blickte er erschrocken um sich und verfiel wieder in den Flüsterton: „Kroatien, ja, davon haben die fast zwei Stunden lang erzählt. Woher kennst du denn das Land?"

„Ich kenne es garn icht", wisperte ich, „Aber bei den Fischern in Mondello, da war einer, der hieß Branco, und der kam aus diesem Land. Den Namen habe ich mir gemerkt, ‚Kroatien', weil das für mich geklungen hat, als ob ein Hund knurrt. Der Branco hat immerzu von seinem Land erzählt, und wie schön es da ist. Und wenn er abends am Strand mit den anderen zuviel von dem übelschmeckenden roten Saft getrunken hatte, dann hat er sogar geweint und oft Lieder über sein herrliches Kroatien gesungen."

„Warum ist er dann von dort weggegangen, wenn es da so schön ist?" fragte Petro, und ich flüsterte: „Das haben ihn die anderen auch gefragt, und dann hat er geantwortet, weil man Schönheit nicht essen kann. Und weil es in seinem schönen Land zu wenig Arbeit gibt. Aber warum haben die anderen Zweibeiner gelogen?"

„Ach, die haben erzählt, wie toll es auf dem Platz war, auf dem ihr Rollhaus stand, und wie gut das Essen war, und wie freundlich alle Zweibeiner gewesen sind, und dass er hundert bunte Karten geschrieben hat, was immer das auch ist, und dass es der schönste Urlaub überhaupt war. Solches Zeug eben."

„Und woher willst du wissen, dass das alles nicht gestimmt hat?", fragte ich, und Petro raunte: „Na, der doofe Pudel saß doch die ganze Zeit neben mir unter dem Tisch. Obwohl, so doof ist der eigentlich garnicht, wenn man sich länger mit ihm unterhält. Heute war der richtig gut drauf, und er hat mir zu jeder Geschichte, die seine Zweibeiner zum besten gegeben haben, die wahre Version verraten."

„Erzähl mal!"

„Na ja, wo soll ich anfangen? Also, die Zweibeiner haben damit angegeben, dass da ganz viele Duschen waren, und man konnte beim Duschen das Meer sehen. Warum muss man das tun, frage ich dich? Egal. Der oberschlaue Zweibeiner hat also geduscht, aber man musste da vorher was reinwerfen, dann erst kommt das Wasser raus, so habe ich das verstanden. Und der Zweibeiner hatte wohl nicht genug von den kleinen, runden Stücken, die man da reinwerfen muss. Auf jeden Fall stand er unter dieser Dusche und war voll mit dem ekligen Zeug, das sie Seife nennen, da kam plötzlich kein Wasser mehr.

Die Dusche war aber nicht in der Nähe von dem Rollmobil oder vom Meer, sondern ziemlich weit weg. Der Zweibeiner hat geschrien wie am Spieß, weil er das Seifenzeugs in den Augen hatte, hat mir der Pudel erzählt, und viele andere Zweibeiner sind aus ihren Rollhäusern gekommen und haben fürchterlich gelacht. Dann hat ihm endlich einer so ein Metallstück gegeben, und es ist wieder Wasser aus dem runden Teil über seinem Kopf geflossen. Und sie, die Zweibeinerin, hat ihren Menschen nicht schreien gehört, weil sie in ihrem Rollhaus geschlafen hat. Am Nachmittag ist sie dann mit dem Fuß in einen Seeigel gestiegen, und da hat jetzt der Zweibeiner laut gelacht, und sie hat ihn dafür mit heißen Kartoffelstücken vom Grill beworfen und mit etwas rotem bespritzt, das die Zweibeiner „Ketchup" nennen. Da war er dann böse und hat wieder gebrüllt. Außerdem war der Strand sehr schlimm, mit vielen Steinen und so. Da ist er auch einmal ausgerutscht und konnte danach einen Tag lang nicht gehen."

Ich musste grinsen, und Petro sprach leise weiter: „Und das mit den bunten Karten, die er geschrieben hat, das stimmt zwar, aber er hat so kleine bunte Papierflecke draufgeklebt, die er mit der Zunge vorher nass gemacht hat. Das waren aber keine Papierflecke von dem Land, in dem sie waren, sondern welche von zuhause. Andere Papierflecke als die, die es dort gibt, mögen die in Kroatien aber nicht. Komisch, was ? Und keine der schönen bunten Karten ist bei den Freunden daheim angekommen. Solche Sachen eben."

„Haben deine Zweibeiner auch gelogen?"

„Aber wie. Weißt du, ich glaube, das machen alle Zweibeiner so. Ich weiß aber nicht, warum. Lass uns jetzt ein bisschen schlafen, Leo, ja?" Er legte sich bequem hin und seufzte einmal, dann hob er ruckartig den Kopf und sagte: „Hey, das hätte ich jetzt beinahe vergessen. Weißt du, wie sie dich in Mondello jetzt nennen? Der Pudelschönling hat es mir erzählt. Der ist nämlich noch mal durch das Loch im Zaun in den Wald zu den anderen gelaufen."

Ich schaute ihn erwartungsvoll an, bis er weitersprach: „Sie nennen dich den ‚Stillen König'. Sogar die Hunde nennen dich so. Und das will für einen Kater schon was bedeuten, oder?"

„Aber warum? So heiße ich doch garnicht?", meinte ich, und Petro erklärte: „Luna hat dir diesen Namen gegeben. Sie hat ihren Jungs gesagt, dass einer, der so viel Mut hat wie du, und es nicht offen zeigt, ein König ist. Ein stiller König. Und die Jungs sind losgelaufen und haben es überall genauso erzählt. Allen Katzen und Hunden, die es noch nicht gewußt haben. Deine Geschichte, wie du deine Mutter gerächt hast, die kennt nun wirklich jeder. Und ich bin stolz, dass du bei mir in meiner Höhle bist. So, und jetzt wird geschlafen."

Die Zweibeinerin kam summend aus dem kleinen Raum, und ich sah den schmalen Lichtstreif unter dem Tisch. Auch so ein Mysterium, der kleine Raum. Petro hatte mir erzählt, dass die Zweibeiner da trocken reingehen und manchmal nass wieder rauskommen. Warum? Das hatte ich vergessen, ihn zu fragen. Aber ich mochte mir das gar nicht vorstellen. Igitt. Dann wurde die Tür nach draußen geöffnet und fiel mit einem Knall wieder zu. Wir waren allein.

Aber ich konnte in dieser Nacht so gut wie überhaupt keinen Schlaf finden. Zu viele neue Eindrücke und Erlebnisse stürmten auf mich ein. Und dieses große Schiff, in dessen vollem Bauch ich war, das kam mir vor wie ein mächtiges lebendiges Tier, das sich unter großen Anstrengungen durch das Meer kämpft. Zu dem dumpfen Grollen, das immer zu hören war, kamen ab und zu zischende und saugende Geräusche, wie heftiges Atmen. Zwischendurch hörte ich wieder etwas, das wie ein langgezogenes Stöhnen oder Seufzen klang, und dann ein gedämpftes Klopfen, wie unregelmäßige Herztöne. Ich hatte Angst.

Irgendwie gingen die paar Stunden der Nacht rum, und ich hörte draußen, vor dem Rollhaus, Türen klappern und Zweibeiner reden. Durch die Fenster kam helles Licht, und unsere Höhle war in ein diffuses Halbdunkel getaucht. Petro war ebenfalls schon wach. Er spähte unter dem Tisch nach draußen und sagte: „Wahrscheinlich geben sie mir was zu fressen und gehen gleich wieder. Dann haben wir unsere Ruhe."

„Woher weißt du so viel über die Zweibeiner?", fragte ich, „Daheim, in Mondello, da haben sie doch nie mit uns gesprochen, und wir wissen auch nicht viel über sie, weil wir ja nie in die Häuser durften."

„Na ja, dort ist es auch für uns Hunde ganz anders", sagte Petro. „Bei uns in Corleone, da musste ein Hund was können. Irgendwas, das den Zweibeinern nützt. Rebhühner holen, die sie mit dem flammenden Stock vom Himmel geholt haben. Oder auf die Schafe aufpassen. Obwohl das mit den Schafen noch eine gute Sache ist. Denn die Schafe sind echt lustig, man kann viel Spaß mit ihnen haben. Die größeren Hunde waren aber immer an Ketten und mussten laut bellen, wenn andere Zweibeiner kamen. Sowas eben. Wenn ein Hund überhaupt nichts konnte, oder nichts machen wollte, dann hat er eine mit dem flammenden Stock drauf bekommen, und hatte ein Loch im Pelz und war mausetot. Aber in dem Land, in dem ich jetzt lebe, auf der Insel, da ist alles anders, das wirst du sehen. Da dürfen Katzen und Hunde in die Häuser, manche sogar in die Betten."

„Ehrlich? Wie ist es in so einem Bett?"

„Also, ich mag es nicht", sagte Petro. „Es ist zwar weich und gemütlich, aber es riecht nicht gut, für meinen Geschmack jedenfalls. Ich hab mal einen toten Vogel gefunden. Den hab ich mit in unser Zweibeinerbett genommen, damit es dort ein bisschen besser riecht. Aber dann ist die Zweibeinerin gekommen, hat sich auf den Vogel gelegt und fürchterlich losgeschrien. Sie hat uns beide rausgeworfen, den toten Vogel und mich. Diese menschlichen Wesen sind schon merkwürdig, wenn du mich fragst."

„Und was musst du tun? Was wollen sie von dir?", fragte ich neugierig.

„Nichts, das ist es ja." Petro schüttelte den Kopf. „Du machst dir keine Vorstellung, was ich alles probiert habe, am Anfang, als ich noch nicht so recht gewußt habe, wie das abläuft. Ich hab ihnen alles gebracht, was ich gefunden habe."

„Was denn, zum Beispiel?"

„Oh, das war so einiges. Nach einem Sturm lagen tote Fische im seichten Uferwasser. Ich hab den schönsten und größten rausgesucht und in das Haus gelegt. Der Zweibeiner hat den Fisch mit zwei Fingern genommen und weit in den Garten geworfen. Ich hab gedacht, jetzt will er spielen. Auch gut. Also habe ich ihm den Fisch wieder gebracht. Da hat er den mit reingenommen, und ich habe den Fisch nie wieder gesehen. Wahrscheinlich hat er ihn heimlich alleine gegessen, damit er nicht mit der Zweibeinerin teilen musste. Nein, die hier sind ganz anders als die Zweibeiner in Corleone oder in Mondello. Du musst nur immer freundlich sein und hinter ihnen herlaufen, dann kriegst du, was du willst, das ist doch toll, oder?"

Er legte den Kopf schief und lauschte, dann sagte er: „Sie kommt. Kriech in deine Ecke und verhalte dich still, ja?"

Gleich darauf wurde die Tür aufgerissen, die Zweibeinerin kam herein und rief: „Petro, wo bist du denn? Komm zu Mami, Petro, wir gehen schnell Gassi-Gassi, und dann gibt es feines Hap-Hap."

Petro verzog die Schnauze und raunte: „Wenn die wüßte, wie doof das klingt: „Hap-Hap", Mann, ich krieg Juckreiz von solchen Sprüchen!" Aber er wackelte brav mit dem Schwanz und trabte aus der Höhle.

Ich ging wieder ein bisschen im Rollhaus herum nachdem sie weg waren, und legte mich dann auf eines der weichen Kissen auf der Fläche über der Höhle. Bald darauf hörte ich wieder Stimmen und ein leises Bellen. Das kam von Petro, und die Zweibeinerin sagte zu ihm: „Ja, ich dich ja auch, mein Schatzihundi, aber du mußt da wieder rein. Bald sind wir daheim, und dann sind wir wieder alle zusammen."

Sie öffnete die Tür und hob Petro rein, dann schloß sie die Tür wieder und ging weg. Ich war natürlich schnell von dem Kissen heruntergesprungen und lag längst wieder in der Höhle. Petro kam angetrottet, und ich sagte: „Na, Schatzihundi, was läuft denn so?"

Er knurrte: „Sag das noch einmal, und ich vergesse, dass du ein König bist!"

Wir unterhielten uns noch eine Weile, dann wurden wir beide von dem sonoren Brummen aus dem Schiffsbauch und der sanften Vibration müde und schliefen ein.

Gleich war meine Mutter wieder da. Sie saß in einer bunten Wiese, mitten in einem Blumenmeer, sodass ich nur ihren Oberkörper und den Kopf sehen konnte. Ich sprang zu ihr und setzte mich neben sie. Die Sonne schien warm auf uns beide, und in der Luft waren viele farbige Schmetterlinge und Bienen.

Ich sagte: „Mami, ich habe ein bisschen Angst. Wird alles so werden, wie du es gesagt hast?“

Ihre Stimme kam diesmal von weit her, mit einer weltfremden Ruhe, und der Klang war eine Mischung aus Klage und Sehnsucht und Liebe. Ihren Worten zuzuhören, das war für mich, wie einem Fluss vom Ufer aus beim Reisen zuzusehen. Sie sagte: „Du musst keine Angst haben, Leonardo, alles wird gut werden. Morgen schon wird etwas passieren, das du nicht verstehen wirst, aber es wird dich in dein neues, schönes Leben bringen. Vertrau mir, denn ich bin da und es kann dir nichts geschehen. Und deinen neuen Namen ‚Der stille König‘, den finde ich schön, weil er zu dir passt.“

Auf einmal kam in meinem Traum Wind auf, und es wurde feucht in meinem Gesicht. Die bunten Bilder und die Stimme meiner Mutter verschwanden, und es wurde schwarz um mich.

Ich riss die Augen auf, und sah Petros Schnauze dicht vor meiner Nase. Der dämliche Hund leckt mich ab, dachte ich und fauchte: „Was wird das, wenn es fertig ist?“

Und Petro sagte: „Du hast wieder im Traum gejammert und dann geweint, ich konnte das nicht mehr länger mit anhören. Wollen wir was machen, oder reden oder so? Oder vielleicht ein bisschen kuscheln? Was meinst du?“

Ich schaute ihn nur schief an, und er sagte schnell: „Nein nein nein, es ist nicht so, wie du denkst!“

Kampf um ein Leben

Auch dieser lange Tag fand ein Ende. Obwohl, im Inneren eines Rollhauses, das noch dazu im Bauch eines mächtigen Schiffes über das Meer reist, hat man kein Zeitgefühl. Durch die Fenster des Blechhauses schimmerte der immer gleiche, blasse, milchig-helle Lichtschein. Nur wenn sich draußen, im Schiffsbauch, dicke Stahltüren zischend öffneten und schlossen, wenn man Schritte und Stimmen von Zweibeinern hörte, dann wusste man, der neue Tag ist da.

Irgendwann wurde auch die Tür unseres Rollhauses geräuschvoll geöffnet, und die beiden Zweibeiner kamen laut sprechend herein. Ich legte mich in die hinterste Ecke der Höhle, und kurz darauf kam Petro zu mir. Er roch nach Öl und Rauch und sah müde aus. Die Zweibeinerin hatte ihn vor einigen Stunden abgeholt und mitgenommen.

„Na, wie war es?", fragte ich ihn, und er schloß die Augen und gähnte. „Hör mir auf", sagte er, „da oben, auf dem Rücken des Schiffes, da geht ein ziemlicher Wind, und der drückt den Rauch aus den zwei langen Rohren manchmal nach unten. Und dann die ganzen Zweibeiner. Da musst du höllisch aufpassen, dass dich keiner tottritt. Ich wäre viel lieber hier bei dir geblieben."

„Und was passiert jetzt?"

„Wir sind schon ganz nahe am Hafen dieser Stadt, die die Zweibeiner Genua nennen. Jetzt gehen alle zu ihren Autos und Rollhäusern, dann geht das große Maul des Schiffes auf, und spuckt uns alle aus."

„Und dann?"

„Dann fahren wir noch viele Stunden auf einer Straße, auf der alle Blechkisten, die großen und die kleinen, in eine Richtung fahren."

„Woher weißt du das alles?"

„Weil mich meine Zweibeinerin schon ein paarmal mit nach vorne genommen hat. Dann durfte ich auf ihrem Schoß sitzen, und so kann man vorne aus dem Rollhaus raussehen."

Ich nickte. Dann fiel mir noch was ein: „Ich muss mal. Du weißt schon. Hier drinnen kann ich ja nichts machen, aber so langsam habe ich ein Problem. Wie sollen wir das hinkriegen?"

Petro überlegte, brummelte ein bisschen vor sich hin, dann grinste er und sagte: „Pass auf. Die beiden sind meistens so zwei oder drei Stunden auf dieser Straße unterwegs, und dann ist es immer so, dass die Zweibeinerin Gassi muss, oder sie hat Hunger. Oder beides. Meistens beides, wenn ich mir das so überlege."

„Ja, und?"

„Was, ja und? Der Zweibeiner meckert erst eine Zeitlang. Dann sagt sie irgendwann, ja gut, dann mache ich das eben hier drinnen. Das hat er aber nicht so gerne, wenn wir nach Hause fahren, weil er den kleinen Raum, in dem sie ihre Geschäfte machen, auf dem Platz entleert und sauber gemacht hat. Und hier drinnen, also, da wo der Tisch ist, da darf sie das nicht. Und in der Schlafhöhle auch nicht, glaube ich. Also fährt er von der Straße runter, meistens an ein großes Haus ran, an dem die Blechkisten auch was zu trinken kriegen. Dieses übelriechende Wasser, von dem ich dir erzählt habe, erinnerst du dich?“

Ich nickte, und er redete weiter: „Gut, wenn wir also stehen, und sie geht raus, und er gibt dem Rollhaus was zu trinken, dann schleichst du dich auch raus. Ich gehe mit ihr mit. Mach deine Sachen, und komm schnell wieder zurück in die Höhle, ok? Ich belle draußen ein bisschen rum oder ich mache irgendwas, damit du ungesehen rauskommst, ok?“

Ich nickte. Die beiden Zweibeiner rumorten in den Schränken und Schubladen, dann gingen sie in den vorderen Teil des Rollhauses. Der Vorhang blieb offen, und wenn ich zwischen den Tischbeinen nach vorne schaute, konnte ich ein bisschen was von ihr sehen, und von ihm einen Fuß und einen Arm, der auf einem großen Rad vor ihm lag. Sie sagte: „Kann nicht mehr lange dauern, ich höre schon die Ankerketten.“

Darauf er: „Das sind keine Ankerketten. Das sind die Winden, die diese dicken Seile runterlassen, an denen das Schiff am Kai festgemacht wird. Da kenn ich mich aus. Ein paar Minuten sinds wohl noch, bis da vorne die Klappe aufgeht.“

Sie: „Ja ja, du weißt Bescheid. Bist ja auch ein echter Süßwassermatrose. Ich mach mal das Radio an.“

Stille. Dann kamen Musikfetzen, dann eine Stimme, die in einer Sprache sehr schnell was sprach, das ich nicht verstand, dann wieder Musik, dann eine Frauenstimme, und dann sagte der Zweibeiner: „Das da ist gut. Mach mal lauter.“ Die Zweibeinerin murmelte vor sich hin, dann wurde die Stimme im Radio lauter. Ich verstand zwar die Sprache, nicht aber, um was es da ging: „...sagte der Präsident des EU-Ausschusses, solange Russland, vorsichtig ausgedrückt, eine gelenkte Demokratie von Putins Gnaden ist, könne mit einer Aufhebung der Sanktionen zeitnah nicht gerechnet werden. Anja Kling aus Brüssel.“

Die Zweibeinerin sagte: „Was ist eine gelenkte Demokratie? Oder weißt du das auch nicht?“

Darauf er: „Wie soll ich das jetzt erklären, dass sogar du es verstehst?“ Kurze Pause, dann sprach er weiter: „Ja, ich habs. Pass auf: In einem Stall sitzen drei Füchse und ein Huhn. Die vier stimmen jetzt demokratisch ab, wen es zum Abendessen gibt. Sowas nennt man eine gelenkte Demokratie, ok?“

Sie sagte: „Dann will ich jetzt lieber nicht sagen, wie man sowas wie dich nennt. Da, schau, die Klappe geht auf!“

Ich hörte, wie viele Motoren rings um uns zum Leben erwachten. Dann hupte jemand, und der Zweibeiner rief: „Jetzt fahr doch zu, Mann!“

Kurz darauf setzte sich unser Rollhaus in Bewegung, und nach ein paar Minuten merkte ich, dass es nach unten ging. Dann wurden die Geräusche plötzlich leiser und auch irgendwie anders. Auch die Luft roch nicht mehr so wie vorher. Es roch nach Teer, nach Gummi, nach schalem Wasser, nach Rauch und nach Fisch.

Petro sagte: „Jetzt fahren wir aus dem Hafen raus, und gleich sind wir auf dieser langen, geraden Straße."

Vorne sagte der Zweibeiner: „Jetzt schau dir mal diese ganzen Burka-Frauen an. Ob es für die irgendwann mal Gleichberechtigung gibt?"

Und sie sagte: „Klar, sobald die Männer die Burka tragen müssen und zwei Meter hinter den Frauen herwatscheln und die Taschen tragen."

Er erwiderte: „Mann, jetzt hör dir diese Emanzensprüche wieder an. Mach doch einfach das Radio lauter, ja? Außerdem hab ich jetzt Durst. Ist noch Bier im Kühlschrank?"

Sie sagte: „Nur noch zwei Flaschen alkoholfreies Gesöff. Soll ich dir eine holen?"

Er antwortete: „Lass mal. Alkoholfreies Bier ist wie eine Unterhose auf der Wäscheleine. Das Beste ist raus."

Sie stöhnte auf, dann wurde das Radio noch lauter gedreht, und die beiden sprachen auch lange Zeit nichts mehr. Von dem vielen Kurvenfahren wurde mir leicht übel, aber Petro sagte, dass wir gleich aus der Stadt raus wären, und auf der langen und geraden Straße, da wäre es dann wieder ok.

Plötzlich wurde ich nach vorne gedrückt, weil das Rollhaus abrupt langsamer wurde. Der Zweibeiner sagte: „Wird Zeit, dass wir in Deutschland die Maut kriegen, dass wir da mal zurückschlagen können. Das ist ja Straßenräuberei, was das alles hier kostet. Hier, nimm das Ticket, ja?"

Dann fuhr das Rollhaus wieder an, draußen wurde es jetzt schnell dunkel, und von dem beständigen leisen Brummen des Motors wurde ich wieder müde. Ich schaute zu Petro hinüber, aber der hatte sich wie ein Ball zusammengerollt und schnarchte leise. Mir fielen auch die Augen zu, und schnell war ich in einen tiefen Schlaf gefallen. Ich träumte, dass ich auf einem Berggipfel saß, und unter mir war mein Palermo, und ich sah das Meer und die Bucht von Mondello. Warum darf ich da nicht so weiterleben, mit allen die ich kenne? Und was wird wohl aus mir werden?

Plötzlich saß meine Mutter neben mir, lächelte mich an und sagte: „Leonardo, mein Liebling, warum zweifelst du? Und warum denkst du so ängstlich an die Zukunft, und wie lange deine Kraft noch reicht? Denke doch lieber, wie weit du schon gekommen bist. Erinnere dich an all das, mit dem du konfrontiert wurdest, und an die Kämpfe, die du gewonnen hast. Und all die Ängste, die du überwinden musstest. Schau, es gibt nichts Zufälliges im Leben. Jedes Ereignis, das dir widerfährt, ist entweder eine Prüfung, eine Strafe, oder ein Geschenk. Aber alles, was passiert, das kommt im richtigen Moment. Sei geduldig. Und vergiss nie: Ich bin immer bei dir und helfe dir, Leonardo. Komm, wir fliegen ein bisschen. Hast du Lust?"

Und sie stieg auf in den blauen Himmel, und ich folgte ihr. Um uns herum waren bunte Vögel, und es duftete nach Zitronenblüten. Wir flogen um den Ätna und an den Hügeln entlang zu den Bäumen und Wiesen.

Etwas rüttelte an mir, aber ich wollte nicht erwachen. Ich kniff die Augen zu, aber meine Mutter und der blaue Himmel und die Bäume verschwanden, und dicht vor meinen Augen sah ich Petro. Er flüsterte: „Mann, hast du einen tiefen Schlaf. Pass auf, wir sind an eines dieser Häuser gefahren, weil unser Rollhaus Durst hat. Gleich wird meine Zweibeinerin mit mir Gassi gehen, und wenn ich mit den beiden draußen bin, lenke ich sie ab, und du springst auch raus. Mach deine Geschäfte und geh dann sofort wieder hier rein, ok? Kriegst du das so hin?"

Ich nickte, dann hörte ich schon die Stimme der Zweibeinerin, die am Tisch stand: „Peter, wenn du mit Tanken fertig bist, fahr zu den Parkplätzen rüber. Ich geh mit dem Hund schon vor, der muss sicher ganz dringend raus, ok?"

Der Zweibeiner war noch im vorderen Teil des Rollhauses und rief: „Alles klar. Ich lauf dann noch schnell in den Autogrill und kauf Speck und Wurst. Willst du auch irgendwas haben?"

„Ja, bring ein paar Packungen von dem knusprigen Schüttelbrot mit. Das hält sich lange."

„Nicht bei uns", rief der Zweibeiner, der Peter hieß, wie ich soeben gehört hatte: „Ach du heilige Schande", rief er, „die anderen sind schon da. Wie ist der denn wieder gefahren? Wahrscheinlich wie ein Henker, ohne auf das Tempolimit zu schauen. Teufel noch mal, jetzt kann ich auch noch eine Runde ausgeben. Mir bleibt doch nichts erspart."

„Petro, wo ist denn mein Hundilein? Komm zum Frauli, wir gehen Gassi, Petro."

Ich schaute ihn grinsend an, und er zischte: „Kein Wort, ja? Ich weiß genau, was du sagen willst. Hier, schau!" Damit drehte er mir sein Hinterteil zu und wackelte heftig mit dem Schwanz, dann trabte er aus der Höhle.

Der Zweibeiner ging stöhnend am Tisch vorbei, murmelte was von ‚Mein Rücken bringt mich noch um', dann war er draußen. Ich hörte, wie er um das Rollhaus herumging und an irgendwas rumschraubte. Petro und das ‚Frauli' waren schon ein paar Meter weg, und ich schlich zur Tür und sah hinaus. Vor und hinter unserem Rollhaus standen Autos, und alle tranken aus langen Schläuchen. Sie standen da, wie müde Pferde, und um sie rum liefen Zweibeiner, putzten die gläsernen Scheiben und fuhren mit Lappen über die Lichter.

Ich sprang raus auf den Boden und verzog die Nase, weil es hier echt eklig roch. Dann lief ich neben und unter den Autos durch zu einem schmalen Wiesenstück, das mit Unrat aller Art übersät war. Schnell machte ich mein Geschäft und rannte zurück zum Blechhaus. Kurz darauf war ich wieder in der Höhle.

Der Zweibeiner kam nach einer Weile zurück und legte ein paar Tüten auf die Bank über mir. Gleich darauf setzte sich das Rollhaus in Bewegung, blieb aber nach ganz kurzer zeit wieder stehen. Ich hörte Stimmen von draußen. Eine Männerstimme, die ich nicht kannte, sagte: „Weißt du, es gibt Leute, die können eben Auto fahren. Fährst du denn gerne?“ Und Peter erwiderte: „Klar, warum?“

„Warum lernst du es dann nicht?“ und drei Leute lachten, nur Peter nicht. Dann sagte er: „Für was zu trinken ist es mir jetzt eigentlich zu spät. Wenn ich jetzt da drinnen im Restaurant sitze, werde ich noch müder. Mein Vorschlag: Wir fahren durch, und dann sehen wir uns morgen oder übermorgen in Rosenheim. Was meint ihr dazu?“

Eine Frauenstimme sagte was, dann sprach der Mann wieder, der meinte, dass Peter nicht Autofahren könne: „Das passt. Eigentlich sind wir auch müde und wollen ins Bett. Kommt ihr heute Nacht noch auf die Insel rüber?“

Peter sagte: „Nein, wir lassen das Wohnmobil ja bei unseren Freunden in Bernau, und bei denen schlafen wir auch. Morgen vormittag fährt uns ein Kumpel von Felden aus mit seinem Boot rüber. Mit den ganzen Koffern und Taschen ist das besser so.

Also, dann noch eine gute Fahrt, und wir telefonieren uns morgen zusammen, ja?“

Unsere Zweibeiner kamen ins Rollhaus, draußen, vor der Höhle wurde Petro auf den Boden gesetzt, und die Tür fiel zu.

„Geh schön in dein Haus, Petro, bald kannst du wieder in deinem Korb liegen. Braver Petro.“

Er kam in unsere Höhle und ich sagte: „Braver Petro? Das ist Liebe, oder? Ich meine, wenn man für seine Geschäfte so gelobt wird?“

„Und was für eine Liebe das ist. Die sammelt sogar meine Häufchen ein. Emma weiß, was sich gehört“, sagte er grinsend, „bei dir alles klar?“

Ich nickte und er legte sich hin, denn das Rollhaus setzte sich wieder in Bewegung. Nach einiger Zeit, ich weiß auch nicht, wie lange nach unserem Stopp, denn ich hatte so vor mich hin gedöst, hörte ich Emmas Stimme: „Petro, mein Süßer, rutsch mal zur Seite, ich habe hier eine schöne weiche Decke für dich. Jetzt wird es nämlich wieder kühler.“

Dann sah ich das Gesicht der Zweibeinerin ganz nahe am Höhleneingang, denn sie kniete unter dem Tisch und hielt was Grünes, Lappiges in den Händen.

Ich konnte mich nirgends verstecken und schaute hilfesuchend zu Petro, der neben mir lag und die Augen vor Schreck weit aufgerissen hatte. Er zischte: „Schitte, gleich ist hier was los!“

Emma sah mich und schrie auf: „Peter …, Hilfe …, eine Katze!!!“

Ich fauchte und machte einen Buckel, weil ich plötzlich Angst hatte. Das Rollhaus bremste ruckartig ab und kam zum Stehen. Peter trampelte nach hinten und lag ein paar Sekunden später ebenfalls auf Knien vor dem Höhleneingang.

Ich sah die beiden großen Gesichter vor mir, die mich fassungslos anstarrten. Petro winselte leise, und die Frau griff in die Höhle und zog ihn heraus: „Komm du mal lieber schnell zu Mami, Kleiner!"

Dann war ich alleine in der Höhle und der Mann schaute mich böse an. Er streckte eine Hand mach mir aus, und ich schlug reflexartig nach ihm. Er schrie auf und steckte den Daumen in den Mund, wie ich es bei kleinen Menschenkindern schon mal gesehen hatte.

Dann zog er den Kopf zurück, stand auf und sagte: „Die schmeiße ich raus. Gleich hier. Stell dir vor, die hat mich angegriffen. Da, schau!"

Sie erwiderte: „Wir sind hier auf der Autobahn, kurz hinter Matrei. Wenn du die Katze hier rauswirfst, wird sie überfahren. Wie kommt die überhaupt hier rein?"

Darauf er: „Die ist bestimmt vorhin an der Raststation reingesprungen. Ich sag dir ja immer, mach die Tür hinter dir zu. Aber die Dame hört ja nie auf mich. Jetzt haben wir den Salat."

Sie sagte: „Geht's noch? Du bist als Letzter aus dem Auto rausgegangen, mein Lieber, und nicht ich. Und du hast dann die Tür offengelassen, schusselig, wie du nun mal bist. Jetzt bin ich wieder schuld, dass die dämliche Katze hier drinnen ist, was? Fällt dir sonst noch was ein, ja? Kann ich noch an was Schuld sein? Geht es dir dann besser?“

Er hatte wahrscheinlich wieder den Daumen im Mund, denn er nuschelte: „Ift ja gut. Reg dich ab. Waf machen wir jepft?“

„Nimm den Daumen da raus, wenn du mit mir sprichst. Ich sage Dir, was wir jetzt machen. Wir haben genau zwei Möglichkeiten: Entweder du fährst an der nächsten Ausfahrt raus, auf der anderen Seite wieder auf die Autobahn, und wir düsen zurück und setzen die Katze an der Raststätte ab. Oder, wir nehmen sie mit und bringen sie morgen, nein, morgen ist ja jetzt schon heute, ins Tierheim nach Bernau. Die werden eine Freude haben, wenn wir eine südtiroler Katze abliefern. Also, was denkst du? Und sag bitte ein einziges Mal wirklich, was du denkst, ja?“

„Das tu ich doch immer“, jammerte der Mann, und sie sagte zynisch: „Ach ja? Hier sind deine drei häufigsten Wahrheiten, seit wir verheiratet sind: Nummer eins: ‚Steht dir gut‘. Nummer zwei: ‚Schmeckt echt lecker‘. Und, das ist der Hit bei dir, Nummer drei: ‚Ich dich auch‘. Nein, sag jetzt lieber nichts. Glaubst du, ich bin blöd? Los jetzt, wir fahren weiter. Abfahrt! Den Hund nehme ich mit nach vorne.“

Sie stritten sich noch ein bisschen, während das Rollhaus anfuhr, dann drehte einer von beiden das Radio lauter, und ich konnte nichts mehr verstehen.

Nach einiger Zeit kam Petro angeschlichen und legte sich neben mich. Er seufzte und meinte: „Schade, hat so gut angefangen. Da kann ich jetzt auch nichts mehr für dich machen. Aber so schlimm sind die Tierheime nicht. Ich war schon mal ein paar Tage in einem. Die haben tolles Futter, und keiner tut dir was."

Ich sagte: „Mir hat eine der Katzen im Hafen erzählt, dass es in unseren Tierheimen ganz schlimm ist. Das sind Todesheime, hat sie gesagt. Viele von uns werden von den Fängern dahingebracht, und nach ein paar Tagen kommt jemand, der wirft die Tiere in einen großen Kessel, da kommt ein Deckel drauf, und dann machen die Zweibeiner was, dass die Luft aus dem Kessel verschwindet. Und dann sterben alle, die da drin sind. Ich habe solche Angst, Petro."

Er kam ganz nah zu mir und sagte: „Ich werde dir helfen, wenn ich kann. Mir fällt schon was ein. Wenn das Rollhaus wieder stehenbleibt, springe ich raus und laufe weg. Dann rennen die hinter mir her, und du kannst verschwinden. Mehr kann ich nicht für dich tun, glaube ich. Was meinst du, wollen wir es so machen?"

Ich konnte nur nicken, denn ich weinte und zitterte vor Angst. Petro drückte sich an mich und leckte mir die Tränen von den Augen, und irgendwann schlief ich ein.

Da war meine Mutter wieder. Sie saß unter einem wunderschön blaublühenden Bougainvilleabusch und schaute mich an. Ich lief zu ihr und sagte: „Mama, was soll ich tun? Sag was, bitte, Mama!“

Sie lächelte und rieb ihre warme Schnauze an meinem Gesicht, dann erwiderte sie: „Leonardo, mein Liebling, du brauchst niemanden mehr, der dir sagt, was zu tun ist. Du brauchst jemanden, der dich lehrt, dir nicht mehr sagenzulassen, was du tun sollst. Glaub ganz fest an dich, Leonardo, und glaube an Wunder. Schau, wer nicht an Wunder glaubt, der hat vergessen, dass er selber eines ist. Ich bin ganz nah bei dir, mein kleiner Liebling. Denk immer daran.“ Dann drehte sie sich um und verschwand.

Ich wurde jäh wach, weil Petro vor der Höhle stand. Er bellte und winselte. Dann rief er über seine Schulter zu mir rein: „Ich mach jetzt so viel Randale, dass die stehenbleiben und mich rauslassen. Dann hast du deine Chance, Leo.“

„Wo sind wir?“

„Schon fast da, wo wir schlafen werden. Ich sehe Häuser und Lampen, wenn ich zum Fenster hochschaue. Wir sind in einem Ort, soviel ist klar.“

Dann bellte und winselte er wieder. Die Zweibeinerin rief: „Ja, ist ja gut, Petro. Wir sind doch eh gleich da. Nur noch ein paar Minuten, mein Kleiner, ja?“

Aber Petro bellte immer lauter und winselte herzzerreißend. Der Zweibeiner fluchte und sagte dann: „Was hat denn der elende Kläffer jetzt schon wieder?“

Die Frau meinte: „Vielleicht ist ihm der Schreck auf die Blase geschlagen, keine Ahnung. Bleib doch noch mal schnell stehen. Nicht, dass er uns hier noch was reinmacht.“

Der Mann grummelte vor sich hin, und das Rollhaus wurde langsamer und blieb stehen. Die Frau kam nach hinten und hob Petro hoch.

„Komm, mein kleines Petrolein, wir gehen raus, und dann sind wir gleich in der Heia-heia.“

Petro sagte: „Gnag-gnag-gnag, Frauilein.“

Die Zweibeinerin rief von draußen: „Peter, komm doch mit raus, noch ein bisschen frische Luft schnappen.“

Und der Zweibeiner murmelte: „Peter, komm hier, Peter mach das. Irgendwann haut Peter ab, weil er die Schnauze voll hat.“ Dann ging er aber auch raus.

Ich wartete, bis ich Petro draußen bellen hörte: „Hey, Leo, ich laufe jetzt über die Straße, da drüben ist so ein blöder Boxerköter, dem erzähl ich, wie hässlich er ist. Viel Glück, Leo, mach‘s gut.“

Dann rief die Zweibeinerin: „Petro! Petro, nicht über die Straße. Petro! Bei Fuß! Peter, mach doch was. Bist du blind?“

Ich lief aus der Höhle und schaute aus der Tür. Die beiden Zweibeiner hasteten hinter Petro her, der laut kläffend auf einen großen, braunen Hund mit kurzem Fell und eingedrückter Schnauze zurannte, der an einem Baum schnupperte. Neben dem Hund stand ein Zweibeiner mit etwas im Mund, das rauchte.

Petro bellte laut: „He, Dicker, bist du gegen die Wand gelaufen oder was? Mann, du bist so hässlich, dass ich Kreislauf kriege!"

Der Braune schaute verwundert auf und knurrte: „Hast du giftige Pilze gefressen, oder wie bist du drauf, du Wichtel?"

Ich schaute mich um. Hier sah es ganz anders aus als bei uns. Lange Reihen von glänzenden Autos standen da auf meiner Seite der Straße. Und zwischen dem Teer und dem Weg, auf dem der Hund und der Zweibeiner standen, war ein breiter Streifen mit kurzem Gras, und alle paar Meter stand ein Baum. Alles war sehr sauber, und die Autos glänzten im Licht der Straßenlaternen. Ich sah weit und breit kein Meer, keinen Sand und keine Boote. Sehr merkwürdig.

Dann wurde ich jäh aus meinen Gedanken gerissen, denn der große braune Hund hatte sich samt Leine von dem rauchenden Zweibeiner losgerissen und stürmte hinter Petro her. Der raste über die Straße zurück zu uns und bellte: „Hilfe, Hilfe!"

Unsere Zweibeiner schrien, und der rauchende Mann ließ das glimmende Teil, das er in der Hand hatte, fallen, und rannte hinter seinem Hund her. Ich stand wie gelähmt, sah Petro mit weit aufgerissenen Augen auf mich zustürmen und hörte den Boxer knurren: „Ich mach dich alle, du Zwerg, ich mach dich platt!"

Petro wollte in das Rollhaus springen, verschätzte sich aber, rutschte ab und purzelte zurück auf die Straße. Der braune Riese war im Bruchteil einer Sekunde über ihm, packte den liegenden Petro am Genick, hob ihn hoch und schüttelte ihn wie ein altes Stück Sackleinen. Petro schrie und jaulte, die drei Zweibeiner tanzten um die Hunde herum, und der Mann, zu dem der Wüterich gehörte, verpasste ihm einen kräftigen Tritt, aber der Riese ließ Petro nicht fallen, sondern schleuderte ihn immer heftiger herum. Petro schrie: „Leoooo!“

Und ohne nachzudenken war ich mit drei langen Sätzen bei den beiden, stieß mich ab, flog durch die Luft und landete im Genick des braunen Ungetüms. Ich fuhr die Krallen aus, hielt mich an seinen Ohren fest, und biss herzhaft in den faltigen Nacken. Der Riese jaulte auf und ließ Petro auf die Straße fallen, dann drehte er sich schnell um die eigene Achse und versuchte, mich loszuwerden. Ich krallte mich jetzt auch mit den Hinterbeinen fest, und schlug ihm die Krallen der linken Pfote in die Stirn, genau über dem linken Auge. Der Hund winselte und bellte, und sein Zweibeiner schlang ihm einen Arm um den Hals und hob ihn hoch, so dass er nur noch mit den Hinterbeinen auf der Straße stand. Der Mann schrie: „Nimm deine Mistkatze da weg, los Mann, nimm sie weg!“

Peter griff nach mir, und ich ließ den Hund los. Der Mann hielt sein Monster nun fest und sagte zu ihm: „Ruhig, Erko, ruhig. Die Katze ist weg, alles ist gut, Erko, beruhig dich!"

Und zu unseren Zweibeinern: „Das hat ein Nachspiel. Ich hab deine Autonummer, Mann. Das kostet dich richtig Schotter, wenn ich mit dir und deiner Killerkatze fertig bin."

Dann zog er seinen Hund über die Straße, Petro sprang in das Rollhaus, und die Zweibeinerin lief hinterher. Ich hörte, wie sie sagte: „Petrolein, das war nicht gut. Das war sehr leichtsinnig. Was ist denn bloß in dich gefahren? Das hast du ja noch nie gemacht, sowas."

Peter, der mich immer noch im Arm hatte und unbewusst streichelte, kam auch ins Rollhaus und sagte: „Jetzt brauche ich ein Bier."

Die Zweibeinerin meinte: „Ich auch. Wir haben aber keins mehr. Hast du das gesehen? Wie die Katze den Boxer geplättet hat? Das war erste Sahne."

Und Peter sagte zu mir: „Ich kenne dich zwar noch nicht, aber du hast unserem Liebling das Leben gerettet. Willkommen bei Emma und Peter und Petro."

Dann schaute er die Zweibeinerin an und sagte: „Die behalten wir, was meinst du?"

Die Zweibeinerin nickte und sagte zu Petro: „ Ab jetzt wird es eng in deinem Korb, Kleiner."

Petro blieb bei mir im Rollhaus, und die beiden Zweibeiner holten einige Sachen aus den Schränken und Schubladen und gingen damit raus. Emma kam aber nach ein paar Minuten wieder zurück, stellte einen zweiten Wassernapf neben den von Petro und schüttete noch eine kräftige Portion von den leckeren, aber staubtrockenen Brocken in die Futterschüssel.

Dann kniete sie sich vor den Tisch, kam auf allen Vieren zum Höhleneingang gekrochen, schaute zu uns rein und sagte: „Der Peter und ich, wir schlafen jetzt noch ein paar Stunden bei unseren Freunden, dann fahren wir über das Wasser zu unserem Haus. Und ihr beide bleibt solange hier und döst auch ein bisschen, ja?"

Sie streckte vorsichtig und langsam ihre rechte Hand in die Höhle und streichelte Petro, dann fuhr sie ihm mit den Fingern durch das Fell und über den Kopf, wohl um zu ertasten, ob er blutete. Als sie die Hand zurückzog, bemerkte ich rote Streifen an ihren Fingern. Sie sagte: „Oh mein Gott, Petro, du blutest ja immer noch ein bisschen. Morgen gehen wir zum Tierarzt und lassen dich genau untersuchen."

Dann sah ich ihre linke Hand auf mich zukommen und verhielt mich ganz still. Sie streichelte mich, besah sich ihre Hand und meinte: „Na, Gottseidank hast du nichts abbekommen, du Held. Du bist ein echter Lebensretter, weißt du das? Und ich werde alles tun, damit du bei uns ein schönes Leben haben wirst. So, und jetzt schlaft ihr beide auch noch ein bisschen, und bald sind wir zuhause."

Sie stand auf, wusch sich die Hände und ging aus dem Rollhaus.

Ich wartete noch ein paar Sekunden, dann schlich ich zum Wassernapf und trank. „Komm raus, Petro, und nimm einen Schluck", sagte ich, aber er streckte nur den Kopf aus der Höhle und meinte: „Mir tun alle Knochen weh, und im Nacken brennt es fürchterlich. Kopfweh hab ich auch, und mir ist schwindlig. Aber ich lebe noch, und das ist doch schon mal was. Du hast mich gerettet, Leo."

Er schüttelte den Kopf und jammerte sofort: „Au, aua, sogar das tut weh. Ich leg mich wieder hin."

Ich sagte: „Bei mir kommt die Angst erst jetzt. Das ist aber immer so. Wenn ich in brenzlige Situationen komme, denke ich einfach nicht mehr nach, sondern mache einfach irgend was. Der Schock kommt bei mir dann später, wenn alles vorbei ist. Jetzt zum Beispiel könnte ich losheulen. Verstehst du das?"

Petro verzog die Schnauze zu einem schrägen Grinsen, das aber zu einer Grimasse wurde: „Auweh. Das Grinsen tut auch weh. Aber du – du bist schon ein Typ. Gegen dich ist das Sylvesterfeuerwerk eine Knallerbse. An meiner Misere bin ich ja selber schuld. Mann, habe ich diesen Boxer unterschätzt, das gibt's doch garnicht. Normalerweise sind die blöder als ihr Schatten. Aber der Bursche vorhin, der hat es in sich gehabt. Mannomann! Ich hab schon gedacht, mein letztes Stündlein ist gekommen."

Ich ging zurück in die Höhle, Petro rückte stöhnend etwas zur Seite auf die weiche Decke, und ich legte mich neben ihn und leckte ihm das angetrocknete Blut aus den kleinen Bisswunden im Genick. Zwischendurch sagte ich: „Weißt du, was man bei uns in Mondello gesagt hat? Wenn man jemandem das Leben rettet, dann trägt man sein ganzes eigenes Leben lang für den Verantwortung."

„Warum?", flüsterte Petro stöhnend, ich spuckte ein paar Hundehaare aus und sagte: „Wenn man jemanden am Sterben hindert, muss man von da an für den da sein, weil man dafür verantwortlich ist, was er von da an treibt."

„Wer sagt denn sowas?" Ich fuhr noch einmal mit der Zunge über sein Nackenfell und hatte keinen Blutgeschmack mehr im Mund. Bevor ich antworten konnte, musste ich aber nochmal ein paar Haare ausspucken, dann sagte ich: „Meine Mutter hat das gesagt. Und sie war die weiseste Katze von ganz Mondello. Sie hat auch gesagt, ‚Wenn du etwas für jemanden tun willst, dann tu es so, wie du möchtest, dass es für dich getan wird. Und wenn du jemanden liebst, dann schenke ihm die Welt und frage dich dann, ob du noch mehr für ihn tun kannst'. So war meine Mutter. Und ich vermisse sie sehr."

Ich ging in meine Ecke, denn ich musste wieder weinen, und ich wollte nicht, dass er es sieht. In den paar Stunden, bis es hell wurde, habe ich ein bisschen geschlafen und in meinen Träumen nach meiner Mutter gesucht. Aber ich hab sie nicht gefunden. Da waren Hunde und andere Monster, die hinter mir herwaren, und ich wurde auch einige Male wach von dem Jammern und Stöhnen, das von Petro kam. Von draußen hörte ich bald neue Geräusche: Vögel fingen an zu singen, Motoren brummten am Rollhaus vorbei, und es wurde hell.

Irgendwann kamen unsere beiden Zweibeiner, und wir fuhren eine kurze Zeit. Dann stand das Rollhaus wieder still, und die beiden trugen Sachen hinaus. Sie gingen ziemlich oft hin und her, und unterhielten sich dabei. Manches verstand ich. Emma sagte, während sie Stoffteile, die an komischen Bügeln hingen, aus einem hohen Kasten holte: „Natürlich, gleich, wenn wir drüben sind, rufe ich den Tierarzt an. Vielleicht braucht der Petro eine Spritze oder irgendwas, und die Katze soll er sich auch gleich ansehen. Muss man Katzen entwurmen?"

Was?, dachte ich, auf mir sind doch keine Würmer, was soll das? Ich schaute zu Petro, der mich angrinste: „Das wirst du nicht mögen, Leo. Beim Tierarzt, meine ich. Ich mag den auch nicht, und der mich erst recht nicht. Aber da müssen wir durch, hilft alles nichts."

„Warum? Ich war noch nie bei einem Tierarzt. Was ist das überhaupt für ein Tier?"

„Na ja", sagte Petro, „Der heißt nur so. Eigentlich ist das ein Zweibeiner, der hat weiße Klamotten an und denkt, er kann alles das mit uns machen, was sich die beiden da draußen nicht getrauen. Und die geben ihm auch noch Geld dafür."

„Was ist Geld?"

„Wie soll ich das jetzt erklären?" Petro kratzte sich am Kopf und sagte dann: „Geld, das sind diese kleinen runden Metalldinger und diese bedruckten Papierstücke. Wenn du das hast, kannst du Futter kaufen. Soviel du willst. Oder andere Zweibeiner. Wenn du denen Geld gibst, dann machen die, was du willst. Das klingt ziemlich merkwürdig, aber es scheint zu klappen."

„Warum tut ein Zweibeiner Dinge, die er sonst nicht tun würde, nur weil er buntes Papier dafür bekommt?"

„Das weiß ich selber noch nicht so genau, aber so funktioniert ihr Leben: Sie tun alles, um möglichst viel von dem Zeug zu bekommen. Und wenn man genug angesammelt hat, dann kann man anderen Zweibeinern sagen, was Sache ist. Das Jagen nach den Papierstücken macht aber krank, und das Ende vom Lied ist, dass viele Zweibeiner viel von dem bunten Zeug wieder an andere Zweibeiner geben, die sie dann wieder gesund machen sollen. Weißt du, Leo, jetzt bin ich schon viele Jahre bei meinen beiden, aber verstanden habe ich sie und das ganze Drumherum immer noch nicht so ganz."

Ich hatte nicht viel Zeit, um über all das nachzudenken, denn die Zweibeiner holten uns, und wir gingen, ich auf dem Arm von Emma, ein paar Meter zu einem Boot, das an einem hölzernen Steg festgemacht war. In dem Boot stand ein Menschenwesen zwischen Koffern und Taschen und schaute erst Petro, dann mich an. Er lachte und sagte: „Zurück aus dem Urlaub, und alles war für die Katz, zumindest bei Emma, wie ich sehe. Wo habt ihr denn die her?"

Meine neue Zweibeinerin erwiderte: „Das ist wahrscheinlich eine Südtirolerin, die ist uns zugelaufen und hat so nebenbei unseren Hund gerettet. Das erzählen wir dir alles bei einem guten Bier. So, und jetzt freu ich mich auf mein Haus."

Die beiden kletterten in das Boot, der fremde Zweibeiner zog an einer Schnur, und ein Motor knatterte los. Emma hielt mich auf dem Schoß, und ich schaute mich um. Wir fuhren auf einem See, der so groß war, dass man meinen könnte, man wäre bei uns am Meer. Aber das Wasser hatte eine andere Farbe, und die Sonne war zwar am Himmel, aber ihre Strahlen waren nicht so warm und nicht schmeichelnd wie in Mondello.

Wir steuerten auf eine der Inseln zu, und ich sah wunderschöne weiße Häuser und sowas wie eine Kirche. Auf der Insel gingen viele Zweibeiner am Ufer entlang, und alles sah sauber und ordentlich aus.

Auf dem See waren Schiffe, große und kleine, und auf den großen sah man viele Menschenwesen, die dichtgedrängt saßen oder standen. Wir fuhren ein Stück an der Insel entlang, dann verstummte der kleine Motor am Heck, und das Boot glitt an einen Steg.

Emma stieg vorsichtig raus auf die Holzbretter. Sie hielt mich immer noch im Arm und sagte zu Peter: „Reich mir den Hund hoch, ich geh schon mal ins Haus. Wenn ihr die Koffer und das andere Zeug drinnen habt, gibt es ein schönes kaltes Bier."

Und so kam ich auf die Insel, auf der ich mein neues Leben verbringen sollte. Wir gingen am Uferweg zwischen Menschenwesen mit merkwürdigen Hüten auf dem Kopf, und fast ein jeder hatte eins dieser kleinen, glänzenden Metalldinger, die klickten, wenn man sie vor die Augen hielt. Das kannte ich aus Mondello. So viel anders sind die hier gar nicht, dachte ich.

Bald waren wir an einem schönen, kleinen weißen Haus, das nahe am Uferweg stand. Mit der Hüfte drückte die Zweibeinerin an den hölzernen Gartenzaun, und eine Tür ging auf. Vor dem Haus war eine Veranda, und auf die kam man über zwei Stufen. Emma ließ den Petro zu Boden gleiten und drückte mich an ihre Brust, während sie in einer Tasche ihres Kleides nach Schlüsseln suchte.

„Dich lass ich erstmal nicht runter", sagte sie zu mir, „Du kommst mit rein, und dann sehen wir weiter."

Petro, der die ganze Zeit geschwiegen hatte, sagte zu mir: „Geh einfach zu meinem Korb und leg dich hinein. Sowas imponiert ihr, und du hast gleich gute Karten. Ich dreh jetzt erstmal eine Runde. Bis später!"

Er wackelte mit dem Schwanz und trabte durch die offene Gartenpforte. „Jetzt schau dir den kleinen Zigeuner an. Kaum sind wir daheim, rennt er schon wieder weg", sagte Emma lachend und ging mit mir in das Haus. Sie schloß die Tür hinter sich und stellte mich auf den schimmernden Holzboden. „So, das ist dein neues Heim. Schau dir alles nur genau an, meine Kleine."

Warum denkt die, dass ich eine „sie" bin?, dachte ich.

In der Ecke, neben einem großen Holztisch und vier Stühlen, sah ich einen Korb. Ich steuerte darauf zu und legte mich hinein. Emma klatschte erfreut in die Hände und rief: „Ja, das ist ja toll. Du fühlst dich schon richtig daheim hier, was?"

Sie beugte sich zu mir herab und streichelte meinen Rücken. Ich blinzelte und zwinkerte langsam mit den Augen, was in meiner Sprache ja soviel wie ein Lächeln bedeutet. Ob sie das wohl verstand? Zur Sicherheit rieb ich meinen Kopf an ihrer Hand, und das musste sie ja nun wirklich begreifen, dass ich mit dieser Geste: „Ich fühle mich sehr wohl bei dir" meinte. Durch meinen leicht geöffneten Mund nahm ich ihren Geruch auf und schnurrte.

Emma lächelte und flüsterte: „Du bist ja eine ganz verschmuste kleine Mieze, was? Ich glaube, ich verstehe, was du meinst. Weißt du, wir freuen uns auch, dass du jetzt bei uns bist."

Dann ist ja alles klar, wenn du mich verstehst. Mal schauen, ob du das hier auch kapierst, dachte ich, rieb meinen Kopf nochmal an ihrer Hand und kletterte aus dem Korb. Mit nach oben gestrecktem Schwanz lief ich schnurstracks zur Tür und starrte die Klinke an. Das heißt in unserer Sprache: „Ich zeige dir, was ich will. Und jetzt will ich raus."

Sie richtete sich auf, blieb aber beim Korb stehen und schaute mit großen Augen zu mir rüber. Na ja, das müssen wir noch üben, dachte ich, merkst du denn nicht, dass ich raus will? Ich bin es nicht gewöhnt, in einem Haus zu sein. Es gefällt mir ja ganz gut hier, aber jetzt muss ich an die frische Luft.

Ich lief zu ihr zurück, drückte mich mit aufgestelltem Schwanz um ihre Beine herum und lief wieder zur Tür, dann schaute ich über die Schulter zu ihr, maunzte kurz, und sah die Tür wieder an.

„Warte mal .... Willst du vielleicht raus?" Emma kratzte sich am Kinn und sagte zu sich selbst: „Jetzt rede ich schon mit einer Katze. Als ob die mich verstehen könnte." Ich maunzte wieder, und ein Lächeln huschte über ihr Gesicht: „Klar, du willst raus. Das geht aber nicht so einfach, weil du dich hier nicht auskennst. Ich würde dich ja gerne rauslassen, aber wenn du auf die andere Seite der Insel läufst, findest du vielleicht unser Haus nicht mehr. Was mache ich denn bloß?"

Sie strich sich mit der Hand über die Wange, dann schnippte sie mit den Fingern und sagte: „Warte, meine Kleine. Ich hab da was für dich!"

Emma ging schnell aus dem Zimmer, und ich schaute ihr verständnislos nach. Was hat die für mich?, dachte ich. Von nebenan hörte ich Klappern und das Öffnen und Schließen von Türen, dazwischen erklang Emmas Stimme halblaut: „Wo ist es denn? Ich weiß doch ganz genau, dass ich es vor einem halben Jahr oder so hier rein ..., oder doch da drin? Nein, warte, hier unten ..., sag mal, bin ich jetzt bescheuert oder was?"

Das dachte ich langsam auch, denn selbst für eine Zweibeinerin verhielt sie sich reichlich eigenartig. Dann hörte ich einen Triumphruf: „Bingo, Emma, du alte Knalltüte, du hast es gefunden. Yepp!"

Sie kam aufgeregt und mit rotem Gesicht auf mich zu. In der Hand hielt sie ein schmales, schwarzes Lederband mit einem glitzernden Ding dran. Ich hatte sowas ähnliches einmal bei einem Hund gesehen. Der war vor einem Fischerhaus in Mondello an einer langen, angerosteten Kette festgebunden und hatte um den Hals so ein schwarzes Ding, nur viel breiter. Tag und Nacht war er da angebunden, und eines Tages lag er tot auf seiner Kette.

Will die mich jetzt anbinden und sterben lassen?, dachte ich, aber nicht mit mir, so wahr ich hier stehe!

Ich merkte, wie sich mein Fell sträubte und mein Körper anfing, sich zu straffen. Ziemlich erregt hob ich eine Pfote und dachte, wenn sie mich schon so gut versteht, wie sie glaubt, dann weiß sie auch, was das in meiner Sprache bedeutet: „Erste und letzte Warnung!"

Emma verlangsamte ihren Schritt und hob die Hand mit dem schwarzen Band: „Schau, Kleine, das ist ein altes Halsband von Petro. Da ist so ein schönes Glitzertäschchen dran, siehst du das? Das ist für den Fall, dass du dich verläufst. Da drin, in dem Täschchen, da ist ein Zettel mit unserer Adresse, und unserer Telefonnummer."

Sie ließ das schwarze Band vor meiner Nase baumeln, und ich roch Petro an dem abgewetzten Leder. Ich begriff zwar nicht genau, was sie mir sagen wollte, aber auf keinen Fall sollte ich irgendwo festgebunden werden, soviel war mir klar. Wenn das merkwürdige schwarze Lederteil der Preis dafür war, dass ich raus durfte: bitte sehr.

Die Zweibeinerin ging vor mir auf die Knie und sprach mit einschmeichelnder Stimme weiter: „Brave Mieze. Ich komme mir vor wie ein Trottel, dass ich hier mit einer Katze rede wie mit meinem Mann. Aber ich glaube, du verstehst, dass ich dir nichts Böses tun will. Schau, das geht ganz einfach und tut nicht weh."

Vorsichtig legte sie mir das Band um den Hals, und ich entspannte mich und wedelte langsam und träge mit dem Schwanz. In unserer Sprache heißt das: „Schau her, ich bin ganz ruhig und neugierig, was jetzt passiert."

Sie verschloss das Halsband vorsichtig in meinem Nacken und streichelte mich. Ich streckte mich und legte mich auf den Rücken. Sie lachte und kraulte meinen Bauch, dann stand sie auf und öffnete die Tür: „So, dann geh mal schauen, was hier so los ist. Aber komm bitte wieder, ich mag dich nämlich jetzt schon sehr gerne."

Am Uferweg sah ich meinen Zweibeiner und den anderen mit Koffern und Taschen beladen. Schnell lief ich um das Haus rum und sprang über den Gartenzaun. Ich landete weich im saftigen Gras. Um mich herum waren Blumen, wie ich sie noch nie gesehen hatte. Und die Bäume erst: Groß und mit vielen grünen Blättern, manche sogar mit einer weißen Rinde.

Seltsam, hier war alles anders als in Mondello. Grüner, farbiger, sauberer, und es roch auch ganz anders. Ich lief ein Stück über die Wiese einen sanften Hügel hoch und sah einen freien Platz, um den ein Weg angelegt war. Auf der anderen Seite der großen Wiese standen Bäume mit mächtigen Stämmen, und dazwischen war so etwas wie eine kleine Kirche zu sehen. Auf dem Fußweg waren viele Zweibeiner unterwegs, die meisten waren guter Laune und hatten anscheinend keine Arbeit, denn sie hielten nichts in den Händen.

Ich lief ganz über die Wiese auf die großen Bäume zu, und bemerkte erst im letzten Moment eine Gruppe von Hunden, die im Schatten der kleinen Kirche lagen. Einer der Hunde, ein kräftiger Bursche mit hellem Fell und schwarz abgesetzter Augenpartie sah aus, als ob er eine Maske tragen würde. Er stand auf, starrte mit halb zugekniffenen Augen zu mir rüber und rief: „Hey, Jungf, da drüben ift eine Katfe. Wollen wir der mal Befeid fagen?"

Was hat der denn für einen Dialekt drauf? Oder reden die hier alle so?, dachte ich. Ein zweiter Hund setzte sich träge auf und meinte: „Negativ. Das ist ein Tourist. Wäre schlecht fürs Geschäft, wenn wir Touris jagen. Bleib hier, Nimrod!"

Ich rannte verängstigt zum nächsten Baum und kletterte hoch, um die Bande genauer in Augenschein zu nehmen. Bei uns in Mondello lernt man schnell, solchen Hundegruppen aus dem Weg zu gehen. Die sind lebensgefährlich, und meine Mutter hat mir schon früh eingebläut, dass man Hunden nicht trauen kann. Ich legte mich auf einen Ast und konnte die vier Burschen nun gut sehen. Der, der zuletzt gesprochen hatte, das war wohl eine Rasse, die man Schäferhund nennt. Groß, stark, brauner Pelz, gefährliche Zähne. In Mondello hatte einer der Barbesitzer einen solchen Hund, und der war der Schrecken der Straße. Der andere, der mich zuerst entdeckt hat, der sah eigentlich ganz gemütlich aus. Neben ihm lagen noch drei weitere große Hunde und ein ziemlich kleiner, länglicher mit großen Ohren, der mich an eine Wurst mit vier Beinen erinnerte.

Ich war so in die Betrachtung der Gruppe da drüben vertieft, dass ich vor Schreck fast vom Baum gefallen wäre, als hinter mir eine zarte Stimme erklang: „Die tun nichts, das sind nur ein paar alberne Machos."

Ich drehte den Kopf, und da saß sie, zum Greifen nah: eine Göttin mit meergrünen Augen, einem beige-schwarz-gestreiften Fell, und das, was ich von der Figur sehen konnte, raubte mir den Atem. Jetzt muss ich sagen, dass meine Mutter eine Schönheit war, aber dieses Wesen hier? Mann, das war die schönste Katze, die ich in meinem ganzen Leben gesehen hatte. Ich setzte mich auf, drehte mich zu ihr um und sagte: „Ja, ich ..., äh ..., mhm." In meinem Hals war plötzlich ein dicker Kloß, mein Mund war trocken, in meinem Bauch flog ein Schwarm von tausend Schmetterlingen, und ich fror und schwitzte zugleich. Die Göttin lachte, und das klang ..., wie soll ich das beschreiben?

In Mondello, abends, wenn die Fischerboote alle wieder heil am Ufer lagen, dann saßen die Männer später manchmal noch zusammen auf den Steinen der Mole. Einer spielte auf einem fast runden Stück Holz, auf dem Drähte gespannt waren. Meine Mutter wusste, wie das Holz hieß „Das ist eine Mandoline", sagte sie zu mir. Noch nie hatte ich solche Töne gehört, und ich fand sie wunderschön. Komisch, dass ich jetzt daran denken musste, als ich dieses Lachen vernahm.

Die Katzengöttin schaute mich mit weit geöffneten Augen und schmalen Pupillen an, dann blinzelte sie und meinte: „Kannst du sprechen? Wenn ja, dann sag doch mal was ganz Einfaches, bitte! Wie wärs zum Beispiel mit deinem Namen?"

Ich räusperte mich und versuchte, einen klaren Gedanken zu fassen und stotterte: „Leo, äh …, Leonardo. Der bin ich. Ja, genau. Und du?"

Sie stellte ihre Ohren auf und sagte: „Ich heiße Ricarda, und ich wohne gleich da unten am Wasser, in dem großen weißen Haus. Das mit dem grauen Platz davor und den vielen Tischen drauf." Ich drehte den Kopf und schaute in die Richtung, die sie meinte. Tatsächlich, ein ziemlich großes Haus, mit einem Platz davor, auf dem viele Leute unter großen Schirmen saßen und aßen und tranken.

„Ist das eine Bar?", fragte ich, und sie lächelte wieder und erwiderte: „Nein, das ist ein Gasthaus, so nennen wir das hier. Wo kommst du denn her, dass du sowas nicht kennst?"

„Mondello", sagte ich nur, denn ich hatte schon wieder einen trockenen Mund und das Sprechen fiel mir schwer.

„Vom Mond?" Sie schaute mich zweifelnd an, und ich schluckte und sagte schnell: „Nein, nein, aus Mondello, das ist ein Dorf, weit weg von hier, in Italien. An einem Meer, das aber größer ist, als das hier, glaube ich."

Sie lachte wieder, und ich hörte tausend Mandolinen in meinem Kopf, dann sagte sie: „Das hier ist kein Meer, das ist ein See. Allerdings ein sehr großer. Bist du zu Besuch hier?"

Ich schüttelte den Kopf: „Nein, ich wohne jetzt hier, seit heute. In einem sehr schönen Haus, gleich da unten, in der anderen Richtung, ein paar Häuser neben deinem. Unser Haus ist viel kleiner als deines, aber ich wohne zusammen mit einem kleinen Hund."

„Warte mal, meinst du den Petro? Klein, weiß, die eine Hälfte von seinem Gesicht ist schwarz, und das eine Ohr darüber auch? Meinst du den? Und das Haus ist aus Holz, in dem die beiden Zweibeiner mit dem Petro wohnen? Wie heißen die beiden doch wieder? Gleich fällt es mir ein. Er ..., genau, er heißt Peter, und sie wird Emma genannt. Drollige Namen, was? Und da wohnst du? Seit wann? Seit heute? Echt jetzt?"

Mir schwirrte der Kopf und ich versuchte, einen klaren Gedanken zu fassen, aber ich konnte nur nicken. Sie redete fröhlich weiter: „Ja, den Petro kenne ich. Und ich mag ihn. Der ist auch aus Italien, hat er mir erzählt. Von einer Insel mit einem spuckenden Berg. Ich habe ihm das nie geglaubt. Habt ihr wirklich einen Berg, der spucken kann?"

Ich nickte wieder und sagte mit rauher Stimme: „Ja, das ist der ..." Weiter kam ich nicht, ich musste mich wieder kräftig räuspern, aber dann ging es so einigermaßen: „Ja, das ist der Ätna. Ein Vulkan, hat mir meine Mutter erklärt. Das ist ein großer Berg mit einem Loch in der Mitte. Und wenn dem Berg irgendwas nicht passt, dann spuckt er Feuer und schwarzen Rauch und glühende Erde oder sowas ähnliches."

Sie schaute mich beeindruckt an und fragte: „Wow. Und warum bist du jetzt hier?"

„Wie soll ich das jetzt erklären? Ich hatte Probleme in Mondello und musste ganz schnell weg von dort. Und der Petro hat mir geholfen, hierherzukommen. Und jetzt muss ich hierbleiben, solange ich lebe."

„Und deine Mutter?" Ich wollte antworten, aber meine Stimme versagte, und ich merkte, wie mir zwei dicke Tränen aus den Augen liefen.

Ricarda kam näher und rieb ihren Kopf an meiner Schnauze: „Du musst das jetzt nicht sagen, Leonardo. Ehrlich nicht. Weißt du was? Gleich muss ich zum Katzenrat. Wir treffen uns fast jeden Tag hinten am Kloster, im Blumengarten. Komm doch einfach mit, dann lernst du die anderen kennen."

„Und was ist mit den Hunden da unten?" , fragte ich unsicher.

Sie schaute zu der kleinen Kapelle rüber und lachte: „Die? Die machen doch nur einen auf dicke Hose, wenn sie zusammen sind. Wenn dir mal einer von denen alleine entgegenkommt, wirst du sehen, dass die einzeln ganz nett sind."

„Was ist denn mit dem einen, der sowas wie eine schwarze Maske um die Augen hat? Ich meine, warum spricht der so, wie er spricht? Kommt der auch aus einem fernen Land?"

Ricarda lachte und meinte: „Der Nimrod? Nein, der ist schon von hier aus der Gegend. Aber der lispelt, das heißt, er kriegt kein ‚S' raus, da sagt er immer ein ‚F' dafür. Das klingt ziemlich putzig, finde ich. Er nicht, zieh ihn also nie damit auf."

„Und der kräftige Braune daneben, der mit den aufgestellten Ohren, der jetzt zu uns rübersieht?"

Sie sagte: „Das ist der Ewald, ein deutscher Schäferhund. Der erzählt allen, die es hören wollen oder auch nicht, dass er mal beim Militär war."

„Du meinst, der war ein Soldat?"

Sie grinste und meinte: „Da hab ich so meine Zweifel. Bei seinen Zweibeinern ist mal eingebrochen worden, und der Ewald hat nichts bemerkt, weil er tief und fest gepennt hat. Den Einbrecher haben sie aber trotzdem gekriegt."

„Wie denn?"

„Der ist über den schlafenden Ewald gestolpert und hat sich den Arm gebrochen. Also, der Ewald, der gibt sich immer zackig und militärisch, aber er ist eigentlich auch ein ganz Netter. Wenn er alleine ist. Der gelbliche daneben, das ist der Romeo. Der ist immer gut drauf, aber strohdumm. Der Boss der Bande ist der Calli, das ist der massige schwarze Kerl, der sich jetzt gerade die Pfote leckt."

„Und die kleine Wurst? Sowas von einem Hund hab ich ja noch nie gesehen."

„Oh der? Das ist ein Dackel. Von denen hat es hier bei uns in Bayern mal sehr viele gegeben, hat mir jemand erzählt, aber jetzt sieht man die nicht mehr so oft."

„Weil sie so klein sind?"

„Nein", sagte sie, „ich weiß es auch nicht. Aber der da drüben, der ist schwer in Ordnung. Er heißt übrigens Rambo. Komm, jetzt gehen wir zu den anderen."

Sie glitt elegant am Baum nach unten, und ich folgte ihr. Wir liefen über den Weg, dann über eine kleinere Wiese, dann wieder zwischen Bäumen und Sträuchern hindurch, bis wir zu einem verwitterten Holzzaun kamen. Ricarda setzte in einem Sprung darüber, und ich schaffte es beim zweiten Anlauf.

Um uns herum waren wunderschön blühende Sträucher, viele bunte Blumen und dicke Büschel mit duftenden Kräutern. So muss das Paradies aussehen, dachte ich. Ricarda lief zwischen den Pflanzen durch und rief: „Schau, die hier heißen Schafgarbe, da drüben stehen ein paar Fingerhut, und die schönen Blumen hier, das sind Margeriten. Und da vorne, bei der kleinen Hütte, da sind die Mädels. Komm!"

Ich sah zwei Katzen, beide waren größer und kräftiger als ich. Sie lagen träge in der Sonne, richteten sich aber auf, als sie uns sahen. Ricarda lief auf die beiden zu, setzt sich und sagte: „Hi, ich bin ein bisschen spät dran heute, wo sind denn die anderen?"

„Schon weg. Wer ist er? Wir mögen hier keine Touristen, das ist eine der Regeln, Rica!"

Die dunkelgraue Katze starrte mich an, und ihre grünen Augen wurden schmal. Die andere, eine beige-schwarz-abgesetzte, ziemlich muskulöse Katze schaute mich aus trägen grünen Augen an und kräuselte ihre Nase.

Kein gutes Zeichen, dachte ich, denn Nasenkräuseln bedeutet, dass sie ziemlich angriffslustig drauf ist.

Ricarda lachte wieder und sagte: „Ganz ruhig, Mädels, das hier ist der Leonardo, und er wohnt seit heute bei uns auf der Insel." Dann schaute sie zu mir und sprach weiter: „Leo, die hübsche dunkelgraue Dame hier, das ist die Fia. Und unser Blauauge da, das ist die Mina. Sie tut zwar immer sehr aggressiv, aber eigentlich ist sie ganz ok, nicht wahr, Mina?"

„Wo kommt der her?", fragte Fia ziemlich unfreundlich, und plötzlich ertönte eine Stimme vom Dach der zweibeinerhohen Hütte: „Das kann ich euch sagen, Mädels. Na alles fit zwischen den Ohrmuscheln, Mina, du alte Kampfdrohne?"

Die Drei schauten zum Hüttendach hoch, und man sah den großen Kopf eines pechschwarzen Katers mit leuchtend blauen Augen, der hämisch runtergrinste.

„Jacko, du elender Bettvorleger, komm runter und hol dir eine Tracht Prügel ab!", fauchte Mina, und ihr buschiger Schwanz peitschte im Gras. Der Kater auf dem Dach gähnte und sagte: „Ach, Mädel, hör doch mit der Nummer auf. Wir wissen doch alle, dass du dir nichts aus Katern machst und nur vor unserer wunderschönen Rica hier eine Show abziehst. Aber die steht nicht auf Radaumiezen wie dich, sondern die hat einen guten Geschmack, nicht wahr, Rica, meine Hübsche?"

„Lasst den Blödsinn. Mina, du hältst die Klappe, und Jacko, du kommst sofort hier runter, oder …", zischte Fia, und Jacko erwidere: „Ich erzittere. Oder was?"

„Oder ich komm rauf und helf dir runter", knurrte Fia, und Jacko zuckte mit den Schultern und sprang vom Dach. Er landete genau vor mir, und ich konnte sehen, dass die Spitzen seiner Pfoten weiß waren, und seine blauen Augen die Farbe des Meeres vor Mondello hatten.

Selbst im Sitzen überragte er mich um fast einen Kopf. „Ich weiß fast alles von dir, du Zwerg." Er schaute mich von unten bis oben an: „Bist du wirklich so klein, oder stehst du im Loch?" Ich wollte was erwidern, aber er sprach weiter: „Mädels, der Bursche hier ist aus einem Land, das heißt Italien. Da kommt zum Beispiel die Pizza her, die meine angebetete Rica so gerne mag." Er beugte sich zu Ricarda und rieb seinen Kopf an ihrer Schulter. Mir wurde rot vor den Augen, und ich zitterte vor Wut.

Der große schwarze Kater grinste mich an und sagte: „Schaut ihn euch an, jetzt wird er zornig, der Kleine. Puh, sind wir vielleicht eifersüchtig? Noch keinen Tag hier, und schon verliebt, was? Pass mal auf, du Pizzakrümel: Wir brauchen hier keine Italiener, nicht einmal, wenn sie so zwergenhaft sind, wie du."

Jetzt grinste er die anderen Drei an und säuselte: „Wißt ihr, warum diese Pizzaschleimer alle so klein sind? Nein? Weil ihre Mamma sagt: „Wenne du große biste, musste du arbeite, eh?“ Na Kleiner, das hat deine Mama doch bestimmt auch so zu dir gesagt, und dann hast du freiwillig aufgehört zu wachsen. Stimmt doch, oder? Erzähl uns doch was Lustiges über deine Mamma, Knirps!“

Er lachte, die anderen Drei grinsten, nur Ricarda schaute ärgerlich und sagte: „Du bist fies, Jacko!“

Der schüttelte den Kopf und meinte breit feixend: „Ich habe gehört, in deinem Land, da jagen die Mäuse die Katzen, und nicht umgekehrt, wie es sich eigentlich gehört, stimmt das auch?“

Mir schossen dicke Tränen in die Augen, aber der Kater redete ungerührt weiter: „Muss aber toll sein, da in deinem Land. Da hat jeder Kater zwei Katzen, weil eine immer streikt. Der war gut, was? Den kannst du deiner Mami erzählen, Kleincr. Ach ja, noch was habe ich über dich gehört, das ich nicht verstehe: Warum nennen sie dich den ‚stillen König‘? Das hat mir der Petro nämlich auch grade erzählt. Nun, ich hab drüber nachgedacht und kann es euch sagen, Mädels: Weil der kleine Pups hier sein Maul nicht aufkriegt, auch wenn er so aussieht, als ob er gleich platzen würde!“

Der Kater und die beiden Katzen lachten, Ricarda legte die Ohren an und wedelte böse mit dem Schwanz. Ich wollte was sagen, verschluckte mich aber, und die Drei lachten noch mehr.

Wütend und weinend drehte ich mich schnell um und rannte weg. Ich hörte noch Ricardas Stimme hinter mir: „Leo …, Leonardo …. So warte doch!"

Aber ich setzte über den Zaun und rannte, so schnell ich nur konnte. Über den Weg, im Slalom zwischen vielen Füßen hindurch, irgendwohin, nur weg von hier. Zweibeiner schauten mir nach und lachten oder riefen Worte, die ich nicht wahrnahm. In meinem Kopf tobte ein Sturm, aus meinen Augen liefen Tränen und ich schaute mich blinzelnd um. Wohin sollte ich fliehen?

Ich lief neben dem Uferweg an dem großen, weißen Gebäude entlang, das ich anfangs für eine Kirche gehalten hatte. Aber dafür war es eindeutig zu groß. Auf einem der Hügel hinter Mondello gab es so etwas Ähnliches. Eine Ansammlung von großen, weißen Häusern, mit einer hohen Mauer drumherum, und mit einem Turm an einer der Ecken.

In den Häusern lebten fromme Frauen, die alle gleich angezogen waren: schwarz, mit merkwürdigen weißen Hauben auf dem Kopf. Ich war mit meiner Mutter öfter auf den Hügeln oben, denn von den frommen Frauen bekamen wir kühles Wasser und ab und zu ein paar leckere Happen. Meine Mutter nannte die Frauen „Schwestern", was ich mir aber nicht vorstellen konnte, denn da waren junge und alte, hübsche und hässliche. Und so viele Schwestern, so viele, dass ich sie nie zählen konnte, lebten alle ohne ihre Männer in den paar Häusern? Das konnte ich beim besten Willen nicht glauben, dass die alle aus einer Familie sein sollten.

Wie ich jetzt darauf komme? Weil ich schon eine Zeitlang an der weißen Häuserfront entlanglief, und nirgends konnte man in einen Hof oder ein Haus rein. Es war genauso, wie bei den Häusern der vielen Schwestern von Mondello. Auch glaubte ich, Musik und viele Stimmen zu hören, die ein schönes, klagendes Lied sangen. Ich lief und lief, und plötzlich stand ich am Ufer. Ein Gebilde aus Holz ragte in den meeresgroßen See hinein, und an den Seiten des Bauwerks waren Boote festgemacht. Sowas kannte ich, nur dass es hier nicht so nach Fisch roch wie bei uns. Und auch die Männer in und bei den Booten sahen anders aus als die bei uns: Bleich, in heller Kleidung und alle waren in bester Stimmung. Die Zweibeinerinnen bei den Männern trugen kurze Hosen oder Röcke, und auch sie lachten viel und laut.

Unsere Fischer, wenn die abends in ihren Schiffen vom Meer kamen, waren ruhig und verschwitzt, und braungebrannt, und mit müden Augen und glimmenden Papierstücken in den Mundwinkeln. Sie rochen nach Teer und Salz, nach Fisch und Rauch, und ihre Kleidung war dunkel, alt und verschlissen. Und wenn die Frauen dann aus den Hütten und Häusern kamen, um beim Ausladen der Fische zu helfen, dann waren auch die in lange, schwarze Röcke und schwarze Blusen gekleidet. Um die Haare hatten sie dunkle Tücher, und ihre Gesichter waren braun, still und voll mit Falten. Gelacht wurde da erst später, wenn die Arbeit getan war.

Aber hier, auf dieser Insel, da war alles anders. Ich wischte mir die Tränen aus den Augen und rannte nach rechts, immer am Wasser entlang, bis ich zu einer Gruppe von kleinen Sträuchern und Büschen kam, die dicht an dicht bis zum See runterwuchsen.

Ich lief zu den Büschen und besah mein Gesicht in den sanften Wellen des Sees. Meine Augen waren gerötet, ich sah jämmerlich aus, und ich wußte nicht mehr weiter. Ich berührte mit einer Pfote das Wasser und rief nach meiner Mutter. Die kleinen, ringförmigen Wellen, die von meiner Pfote wegeilten, glitzerten im Licht der Sonne, und plötzlich sah ich ihr Gesicht, dicht unter der Wasseroberfläche.

Sie lächelte mich an und bewegte den Mund, und in meinem Kopf bildeten sich Worte: „Leonardo, mein kleiner Liebling, du bist verwirrt und traurig. Traurig, weil man dich gekränkt hat. Und du fühlst Zorn, weil man dich ablehnt. Weißt du, Leonardo, das Schicksal hat zwei Kinder, die heißen Liebe und Hass. Und du hast sie beide an diesem einen Tag kennengelernt. Der Vater des Schicksals ist der Zufall, und auch der war heute zugegen. Aber alles hat seine zwei Seiten, denn du hast zum ersten Mal in deinem Leben auch eine Liebe kennengelernt, die anders ist, als die Liebe, die du zu mir empfindest, oder ich zu dir. Diese neue Liebe, die kennt weder Wut noch Hass. Diese Liebe, die hofft, glaubt, leidet und erträgt. Sie macht aus einem Mann einen Bettler oder einen König. Du wirst ein König, mein Leonardo. Glaube daran! Und es gibt noch was, das du nie vergessen darfst: Hass und Neid bekommt man umsonst, aber für Liebe und Anerkennung muss man kämpfen. Also, mein Kleiner, trockne deine Tränen und kämpfe!"

Ich wollte mit der Pfote ihr lächelndes Gesicht streicheln, aber in dem Moment, in dem ich die Wasseroberfläche berührte, verschwammen ihre Umrisse, und sie war verschwunden. Meine Tränen tropften in den See und vereinten sich mit ihm.

Plötzlich hörte ich hinter mir eine Stimme, die meinen Namen rief: „Leonardo …, Leo …, hey, Mann, wo steckst du denn …, Leo!"

Im nächsten Moment tauchte Petros kleiner Kopf hinter mir zwischen den Büschen auf. Ein befreites Lachen huschte über sein Gesicht, und er sagte, vollkommen außer Atem: „Puuh, da bist du ja. Die beiden Zweibeiner suchen dich wie verrückt, ich bin schon dreimal um die ganze Insel gerannt, und wir alle machen uns Sorgen um dich. Komm jetzt, wir gehen nach Hause."

Die Katze, die zum Kater wird

Während ich neben Petro herlief, der in einer Tour redete, war ich mit meinen Gedanken immer noch bei den anderen Katzen. Warum waren die so gemein zu mir? Was hatte der riesenhafte schwarze Kater Jacko gegen mich? Was dachte Ricarda wohl jetzt von mir? Hatte ich mich richtig verhalten? Tausend Fragen stürmten auf mich ein und verwirrten mich.

Meine Mutter sagte mal, dass manche Lebewesen unsere Freundlichkeit und Gutmütigkeit schnell mit Dummheit oder gar Feigheit verwechseln. Deswegen ist es wichtig, so erzählte sie mir damals, dass man denen Grenzen aufzeigt. Bis hierher und nicht weiter.

„Irgendwann musst du dich auf die Hinterbeine stellen", das waren ihre Worte. „Und das lieber früher als später. Denn wenn es zum Kampf kommt, gewinnt meist der, der als erster hart und schnell zuschlägt."

Vielleicht hätte ich mich vorhin selbstbewusster verhalten sollen.

Petro stupste mich mit der Nase in die Seite und sagte: „Hey! Erde an Leo! Hörst du mir überhaupt zu?"

Ich blieb stehen und murmelte verwirrt: „Ja klar, immer. Um was gehts?"

„Na, um Jacko, die alte Rollwurst. Weißt du was mir aufgefallen ist? Der Kerl ist eifersüchtig. Wie der mich über dich ausgefragt hat, das geht auf keine Hundehaut. Der wollte alles haarklein über dich wissen. Aber das mit dem Boxer, das hat er mir einfach nicht geglaubt. Der hat nur dämlich gegrinst und gemeint, wenn das so ist, dann würde er dir mal kräftig auf den Zahn fühlen. Also hab ich von deiner Meisterleistung, wie du dem Kerl in Mondello schnell mal ganz locker ein Auge rausgehauen hast, überhaupt nichts erzählt. Aber sag du mir jetzt bitte mal, was läuft da eigentlich ab? Du bist erst einen Tag hier, und schon rauscht es im Karton?“

„Wo rauscht es?“ Ich begriff nicht, was er meinte.

„Vergiss es, das ist nur so eine Redensart. Die Zweibeiner sagen sowas. Ich meine, ich kenne mich mit Kartons ziemlich gut aus, schließlich bin ich in einem geboren worden. Aber ich hab noch keinen gesehen, der rauschen konnte. Gehen wir mal ein Stück zur Seite, wir stehen hier mitten auf dem Weg!“

Wir setzten uns ins hohe Gras unter einen Baum, und Petro sagte: „Also, ich glaube, dass der Jacko in die Rica verknallt ist. Und seit ein paar Wochen schwärmt er außerdem für eine Katze, die in den Kisten, die die Zweibeiner Fernseher nennen, zu bewundern ist. Fräulein Jensen heißt sie. Er hat sie zwar noch nie außerhalb dieser Fernseh-Kiste gesehen, aber er ist hin und weg von ihr. Aber eigentlich ist er mit Marylin zusammen, und wenn die das mitkriegt, dann geht die Post ab, Junge. Denn die Marylin hat eine flotte Rechte!“

„Welche Post? Wo?"

Petro kratzte sich mit dem Hinterlauf mehrmals schnell am Ohr, machte ein zufriedenes Gesicht und stöhnte dabei: „Ahhh, das tut gut." Dann schüttelte er sich und sprach mit normaler Stimme weiter: „Pass auf. Man sagt, die Post geht ab, wenn es Ärger gibt, verstanden? Das ist auch wieder nur so eine Redensart von den Zweibeinern. Habt ihr sowas nicht gehabt? Als ich noch in Mondello war, da kannten wir eine Menge von diesen Sprüchen. Die meisten habe ich aber vergessen, weil ich schon so lange hier bin. Leo, alter Stubentiger, ich geb dir einen Rat: geh der Rica aus dem Weg. Das bringt sonst nur Ärger. Die kann aus Katern Mäuse machen und umgekehrt, wenn du verstehst, was ich meine?"

Ich schlug ihm auf die Pfote, denn er fing schon wieder mit dieser dämlichen Kratzerei an. Dann legte ich die Ohren eng an den Kopf, brachte mein Gesicht ganz nahe an seines und sagte langsam: „Sie heißt Ricarda. RI-CAR-DA! Kannst du dir das merken? Oder soll ich dir das zwischen deine dämlichen Augen beißen?"

Petro riss seine Glotzer auf und meinte: „Hey, dich hat es ja ganz schön erwischt, Kumpel. Komm, wir gehen erstmal heim und futtern was für die Nerven, ja?"

Er richtet sich auf, schaute zum Weg hinüber und sagte: „Oh nein, der hat mir gerade noch gefehlt. Dreh dich rum und schau zum See hinaus. Los!"

Ich war immer noch ziemlich wütend und dachte garn icht daran, sondern sah zum Gehweg und erblickte eine äußerst merkwürdige Katze, die auf uns zukam, oder besser gesagt, zurollte. Sie wog sicherlich um die neun Kilo, hatte ein sehr schönes hellbeiges Fell, ein dunkelbeiges Gesicht und, das sah ich jetzt erst, als sie schon ziemlich nahe war, sie hatte ein braunes und ein blaues Auge.

So etwas war mir neu, und ich musterte sie genauer. Ihr Kopf und ihr Gesicht waren kein harmonisches Ganzes, sondern beides wirkte auf mich, als wäre es aus Teilen zusammengesetzt, die bei der Erschaffung einer anderen, gelungeneren Katze übriggeblieben waren. Eine Aura von Unordnung und Zerstreutheit umgab dieses Tier, wie der Nebel eines verglimmenden Holzkohlefeuers.

Petro drehte sich um, machte ein überraschtes Gesicht und sagte: „Ja, Grüß dich, Schmutzli, ich hab dich gar nicht kommen sehen."

Der dicke Kopf der Katze drehte sich langsam wie der Greifarm von einem Kran, den ich mal im Hafen von Mondello gesehen hatte. Dann sagte sie mit tiefer, grollender Stimme: „Da wo du hingeschaut hast, war ich auch nicht, du Dummpelz." Dann schwenkte der mächtige Kopf zu mir und blinzelte zweimal mit dem braunen, linken Auge, während mich das rechte, blaue, starr anschaute: „Du bist der Neue, was?" Ohne eine Antwort abzuwarten, sagte er: „Mann, bist du dürr. Wirfst du überhaupt schon einen eigenen Schatten?"

Petro räusperte sich und sagte: „Er heißt Leonardo, und er …". Weiter kam er nicht, denn die dicke Katze fauchte ihn an: „Kusch und Schnauze! Wenn der Kuchen spricht, schweigen die Krümel. Heute ist nicht mein Tag, Herrschaften, und das heißt, auch für euch beide kann es von jetzt ab nur noch den Berg runtergehen. Also überlegt euch, was ihr sagt, ja?"

Was war das für ein unhöfliches Stück Katzenfleisch? Ich kniff die Augen zusammen und merkte, wie mein Schwanz heftig zu peitschen anfing, dann fauchte ich den beigen Fellberg an: „Jetzt pass mal auf! Wir sitzen hier, und du kommst auf uns zu und machst Ärger. Hast du ein Problem, oder willst du eines? Ein blaues Auge hast du ja schon, wie ich sehe. Willst du noch eines? Jetzt gleich?"

Da grinste das Ungetüm plötzlich und sagte: „Hoppala, dann stimmt ja alles, was man so von dir erzählt, was?"

„Was erzählt man denn so? Und wer?" Ich schob eine Pfote vor und spannte die Hinterläufe an.

„Oh, die Buschtrommel funktioniert hervorragend hier auf unserer kleinen Insel. Entschuldige, aber ich bin heute ein bisschen daneben. Ich hab tatsächlich ein Problem. Ein riesiges sogar."

„Welches denn?" fragte ich und entspannte meine Muskeln, und auch Petro kam neugierig einen Schritt näher.

„Mein Zweibeiner ist mir entlaufen. Ich suche ihn schon seit ein paar Stunden, und das macht mich ganz verrückt", sagte Schmutzli und schaute uns mit ihren zweifarbigen Augen groß an.

Petro sah zu mir und sagte: „Ihr Zweibeiner ist so ein großer Kerl, der heißt Jopi und ist Fischer. Den kennst du noch nicht. Ich hab ihn aber heute früh gesehen."

„Wo?", fragte Schmutzli schnell, und Petro kniff ein Auge zusammen und schaute schräg zum Himmel hoch: „Das war ..., warte mal ..., ja, genau. In der Nähe vom Nordsteg war das. Der Jopi kam wohl vom Fischen zurück, er hatte einen großen, nassen Schuh in der Hand und war böse am Fluchen. Ist er da nicht nachhause gekommen?"

„Doch, da habe ich ihn ja auch zum letzten Mal gesehen, aber er war mies drauf, hat den Schuh draußen an den Baum geschleudert und ist gleich darauf wieder gegangen."

Petro sagte grinsend: „Vielleicht angelt er jetzt nach dem zweiten Schuh?"

Schmutzli fauchte: „Ich finde das gar nicht lustig. Vielleicht schau ich nochmal drüben beim Klosterwirt nach, da ist er ja auch gerne. Mann, der weiß genau, wie ungern ich mich bewege, und jetzt das. Ich bin dann mal wieder weg. Wenn du ihn siehst, gib mir bitte sofort Bescheid ja?" Und zu mir sagte sie, aber in einem freundlicheren Ton: „Kleiner, schau du dich bitte auch nach meinem Zweibeiner um. Ich geb dir zehn Mäuse Finderlohn, frisch auf die Pfote!"

Ich schaute sie an: „Zehn Mäuse, was?“ Und sie sagte bedauernd: „So viele kriege ich in einer guten Woche. Mehr erwische ich einfach nicht, und ich geh auch nicht mehr so gerne raus. Man wird älter, du verstehst?“

Sie stand auf und ging weg, und sprach dabei laut mit sich selbst: „Zum Teufel, nochmal. Nichts wie Ärger mit dem Burschen. Zusammen mit dem Kerl kann man nicht leben, aber ohne ihn auch nicht. Der kann sich auf was gefasst machen. Der weiß doch, wie sensibel ich bin. Wie krieg ich jetzt die Dosen auf?“

Ich schaute der dicken Katze nach und fragte Petro: „Was ist denn mit der los?“

„Die? Die ist faul wie sonstwas. Frag sie, was sie macht und sie wird dir antworten ‚Nichts‘. Wenn du dann sagst, ja, das hast du doch gestern auch schon gemacht, dann sagt sie: ‚Schon, aber ich bin nicht fertig geworden‘. Am liebsten schaut sie dem Gras beim Wachsen zu. Ich hab mal gemeint, sie soll doch ein bisschen Sport treiben, für die Figur und so. Schließlich schaut sie ja wie eine Robbe aus. Weißt du, was sie zu mir gesagt hat?“

Ich schüttelte den Kopf, und Petro erzählte grinsend: „Sie hat gemeint: ‚Wenn wir schon bei den Säugetieren sind, dann schau dir doch mal den Wal an. Der lebt gesund, isst viel Fisch und trinkt viel Wasser. Was hat er davon? Er ist fett wie der Vollmond. Oder ein Hase: Der hoppelt den ganzen Tag wie blöd in der Gegend rum, und wenn er Glück und der Jäger Pech hat, dann wird er vielleicht so an die 12 bis 15 Jahre alt. Der Hase, meine ich jetzt. Aber eine Schildkröte, Mann, die chillt cool ab und lässt es locker angehen. Oder hast du schon mal eine Schildkröte rennen oder springen sehen? Und die lebt trotzdem 150 Jahre'. Das waren ihre Sprüche. Ja, und dann hat sie noch gesagt, ‚Wenn ich wieder auf die Welt komme, dann als Chillkröte, das wäre die ideale Tiergattung für mich.'"

Petro schaute dem dicken Hintern der Katze nach und meinte: „Die hat gefühlte drei Hinterteile, aber das ist ihr sowas von Wurscht. Und ihren Zweibeiner liebt sie abgöttisch, auch wenn sie so komisch tut. Hoffentlich findet sie ihn."

„Vielleicht sitzt der irgendwo in einer Bar mit anderen Zweibeinern. Mit Freunden, meine ich."

Petro schüttelte den Kopf: „Erstens gibt es hier auf unserer schönen kleinen Insel keine Bars, so wie wir das aus Mondello kennen. Hier heißen die Dinger „Wirtshäuser", und zweitens hat der Jopi keine Freunde. Ich habe mal gehört, wie er gesagt hat, er mag keine Menschen, außer denen, die schon tot sind. Weil man sich nur bei denen zuverlässig sicher sein kann, dass die einem nicht mehr auf die Nerven gehen können."

Petro schaute mich an, und ich nickte, obwohl ich so gut wie nichts von dem verstand, was er gesagt hatte. Wir trotteten nachhause, wo wir schon ungeduldig erwartet wurden. Die beiden Zweibeiner waren ziemlich nervös, Emma kam uns entgegen und rief: „Da seid ihr ja. Kommt zu Mami, ihr Streuner!“ Und zu Peter sagte sie: „Nimm du den Hund, ich schnappe mir die Katze. Wenn ich Glück habe, kriege ich das Schiff noch, dann sind wir einigermaßen pünktlich beim Tierarzt. Ich bin in zwei Stunden oder so wieder da. Wo ist die Tasche? Ich hab doch gerade noch die Tasche irgendwo hingestellt, oder?“

Der Zweibeiner reichte ihr ein blaues, merkwürdiges Beuteldding mit zwei Griffen dran und einem weichen Gitter an der Vorderfront. In dieses Gebilde steckte sie mich, und schon ging sie los.

Wir fuhren auf einem Schiff über den See, und ich versuchte, durch das Stoffgitter zu erkennen, was da ablief. Keine Chance. Wir waren nicht besonders lange unterwegs, aber dass ich die ganze Zeit in dem dunklen Stoffzelt sein musste, machte mich schon ziemlich nervös.

Dann ging sie mit mir zu einem Auto, aber der Mann, der da drin saß, wusste nicht, wo wir hinwollten. Das musste sie ihm erst sagen. Außerdem mussten wir hinten in dem Blechding sitzen. Auch das fand ich sehr bedenklich. Nach einer kurzen Fahrt in der rollenden Kiste gab sie dem Zweibeiner ein kleines, buntes Stück Papier in die Hand, über das er sich sehr freute, denn er rannte um das kleine Rollhaus herum und riss die Türe auf. Emma trug mich an ihrer Seite, und dann gingen wir wieder eine kleine Weile. Ich sah viele Blechkisten auf der großen Straße, und auf der kleineren, auf der wir gingen, kamen uns Zweibeiner entgegen oder liefen von hinten an uns vorbei.

Alle waren in Eile, so schien es mir, und keiner lachte oder sang. Das war bei uns in Mondello ganz anders. Da blieben die Zweibeiner auf der Straße stehen und sprachen miteinander, manche laut und andere leise, einige sangen und lachten, und ich glaube, die hatten auch alle mehr Zeit, weil keiner so schnell gehen musste wie diese hier.

Auch sah ich fast keine Tiere. Gut, ein paar Hunde kamen uns entgegen, aber die waren alle an Leinen und machten keinen sehr fröhlichen Eindruck. Wenn sie an irgendwas Interessantem schnuppern wollten, dann rissen die Zweibeiner sie weiter, oder sie schimpften mit ihnen. Ich sah eine ältere Zweibeinerin, deren kleiner Hund auf dem Straßenweg, auf dem wir dahinhasteten, einen Haufen machte. Die Zwiebeinerin sah sich das an und sagte zu dem kleinen Hund: „Pfui, schäm dich, Susi, hier kannst du doch nicht hinmachen. Das ist Pfui!" Dann zog sie den Kleinen schnell an der Leine weiter, und ich dachte, wo soll er dann hinmachen, und wenn sie das so stört, warum macht sie es dann nicht weg, sondern lässt es liegen und läuft davon? Was für ein merkwürdiges Land.

Ich wurde aus meinen Gedanken gerissen, weil wir ein Haus betraten. Meine Zweibeinerin ging zu einer Wand, drückte irgendwo hin, und zwei Türen glitten auf. Wir betraten einen ziemlich kleinen, glänzenden Raum, und sie drückte wieder an die Wand. Es summte und ruckelte, aber sonst passierte nichts. Was tut die da?, dachte ich.

Sie dachte wohl ähnlich, denn sie schaute nach oben und seufzte, dann gingen die beiden Türen surrend zur Seite, und wir standen in einem größeren Raum und gingen zu einer langen, weißen Theke. Das ist aber mal eine komische Bar, dachte ich, denn hinter dem Tresen waren zwei junge Zweibeinerinnen, ganz in Weiß gekleidet. Emma sagte ihren Namen, und ich dachte, warum geht sie irgendwohin, wo sie keiner kennt?

Aber die beiden lächelten, nickten und schauten dann zu mir in die Tasche, die eine sagte: „Na, da ist ja unser kleiner Patient. Süß schaut sie aus."

Sie? Warum eigentlich immer „sie", dachte ich, aber die Weißgekleidete sagte zu Emma: „Wenn Sie im Wartezimmer noch kurz Platz nehmen wollen, es dauert nicht lange, ja?"

Wir gingen in einen Raum, in dem nur ein paar Stühle waren, und auf zweien von ihnen saßen Menschen. Der eine, ein dicker Mann ohne Haare, hatte einen kleinen schwarzen Hund auf dem Schoß, den er ununterbrochen streichelte. Von dem Hund sah ich nur das Hinterteil, weil er seinen Kopf zwischen den Beinen des Menschen hatte, und ziemlich heftig zitterte.

Auf dem Stuhl unter dem Fenster saß eine sehr junge Zweibeinerin, und sie sprach mit piepsiger Stimme zu irgendwas, das sich in einer schmalen, blauen Schachtel befand. Ich verstand die Worte nicht, und bekam auch nicht mit, was genau da in der Schachtel war. Meine Zweibeinerin holte sich von einem Gestell an der Wand ein buntes Papier, dann setzte sie sich auf die Seite, auf der zwei Stühle frei waren, und fing an, darin zu blättern.

Ich verdrehte den Kopf in meinem Beutel, um den Hund besser zu sehen, oder genauer gesagt, sein Hinterteil. „Gss, hey du, warum zitterst du so?“ rief ich halblaut, und er hob den Kopf, schaute über die Schulter zu mir rüber und sagte: „Ich rede nicht mit Katzen!“ Dann vergrub er seinen Kopf wieder zwischen den Beinen des Menschenwesens und pupste.

Dann eben nicht, dachte ich und wollte eine Unterhaltung mit dem Wesen in der Schachtel beginnen, aber just in dem Moment kam eine der weißgekleideten, jungen Zweibeinerinnen an die offene Tür und rief: „So, du kannst jetzt mit deinem Meerschweinchen zum Doktor rein.“

Das Mädchen stand auf und ich dachte, bei uns in Mondello gab es keine Schweine im Meer. Kurze Zeit später wurde der Zweibeiner mit dem Hund gerufen, und als die beiden rausgingen, merkte ich, dass beide zitterten.

Dann wurden wir geholt, und man brachte uns in einen Raum mit einem langen, glänzenden Tisch in der Mitte. Ein Zweibeiner in Weiß nahm die Tasche, holte mich raus und hielt mich am Genick hoch. „Was soll das?“, fauchte ich, aber er verstand mich natürlich nicht. Er hielt mich vor sein Gesicht und sagte zu Emma: „Na, da haben wir aber ein schönes Katerchen!“

Emma zog die Augenbrauen hoch: „Was?“

„Ich sagte, das ist ein schöner Kater. Allerdings ein ziemlich dünnes Exemplar. Der Bursche dürfte ein oder zwei Jahre alt sein, und hat viel zuwenig auf den Rippen.Wo haben Sie den her?“

Meine Zweibeinerin lächelte und sagte: „Also, wir haben gedacht, er ist eine sie. Wo er her ist? Ich glaube, aus Südtirol. Da muss er wohl in unser Wohnmobil geschlüpft sein. Und jetzt wollen wir ihn behalten, deswegen bitte ich Sie, ihn mal gründlich anzuschauen.“

Der Weißgekleidete schüttelte den Kopf: „Der ist nicht aus Südtirol. Dafür ist er zu dürr. Ich würde mal sagen, wir haben hier einen süditalienischen Straßenkater. Wo waren Sie denn im Urlaub?“

„Sizilien. Auf einem Campingplatz ganz in der Nähe von Palermo. Dann muss er da wohl ins Auto gekommen sein, oder?“ Sie kratzte sich am Ohr und sprach weiter: „Nein, das kann auch nicht sein, das hätten wir gemerkt. Warten Sie mal …, wir sind dann auf die Autofähre, dann kam Genua, aber da haben wir keinen Halt gemacht. Getankt haben wir erst wieder am Brenner. Also, wenn sie mich fragen, ich kann das jetzt auch nicht erklären, wie das gegangen ist.“

Der Zweibeiner sagte: „Ist ja auch egal. Dann wollen wir mal. Erst schaue ich ihm in die Ohren, ob wir da Fremdkörper haben."

Wir? Was meint der mit wir, dachte ich, aber er legte mich auf den Stahltisch, drehte mich zur Seite und schob mir was Kaltes, Rundes ins Ohr. Ich hatte das Gefühl, dass das kalte Ding mitten in meinem Kopf landete, also schlug ich nach seiner Hand und fauchte. Er ließ mich los, packte mich dann aber gleich wieder am Genick und rief: „Manuela, kommst Du mal? Wir haben hier einen widerspenstigen Patienten!"

Eine der beiden Zweibeinerinnen aus dem anderen Zimmer kam rein und hielt mich mit einer Hand, mit der anderen streichelte sie mich und säuselte: „Na, du bist aber ein Hübscher!"

Der Doc tastet meinen Bauch ab, schaute mir in die Augen, öffnete vorsichtig meinen Mund und blickte mir in den Rachen. Dann sagte er: „So, Manuela, lenk ihn mal vorne ab!"

Warum?, dachte ich, während mir die Zweibeinerin ihre Finger vor die Nase hielt und damit wackelte. Plötzlich schob sich etwas in meinen…,Sie wissen schon. Ich fauchte und biss in einen der Finger vor meinem Gesicht. Die Zwiebeinerin schrie laut auf und ließ mich los. Ich sprang auf Emma zu, erwischte sie aber nicht, weil sie plötzlich die Hände hochhob. Unsanft landete ich auf dem Boden und raste durch den Raum. Der weißgekleidete

Zweibeiner war trotz seines dicken Bauches ziemlich schnell an der Tür und schlug sie mir vor der Nase zu.

Dann versuchte er, mich zu fangen. Das haben vor dir schon ganz andere versucht, Dickerchen, dachte ich, und rannte unter einen niedrigen Tisch, und von da aus sprang ich in eine der Stoffbahnen, die links und rechts vor den durchsichtigen Vierecken in der Wand hingen. Ich kletterte schnell am Stoff hoch und sprang schräg über die Ecke auf einen niedrigen Holzkasten, und von da wieder auf den Boden.

Die drei Zweibeiner im Raum schrien durcheinander, alle waren hysterisch, und der Dicke rief: „Ich hole das Blasrohr und betäube ihn!" Dann wühlte er in einem Schrank, zog ein dünnes, rotes Rohr hervor und schob eine kleine Nadel mit einer Feder hinein. Die Nadel hatte er mit einer schnellen Bewegung in eine kleine Flasche getaucht, soviel konnte ich sehen, dann raste ich wieder durch den Raum zu den Stoffbahnen. Ich sprang hoch, der Dicke schob das Rohr in den Mund, die junge Zweibeinerin tauchte urplötzlich vor mir auf und wollte nach mir greifen. Da hörte ich ein kurzes, zischendes Geräusch und sah, dass die junge Zweibeinerin eine Nadel mit einer Feder dran im Unterarm stecken hatte. Alle im Raum erstarrten. Dann passierte viel auf einmal. Der Dicke rief: „Oh, mein Gott!", die Zweibeinerin kreischte auf und schrie: „Doktor! Mir wird so schlecht!", dann kippte sie weg.

Emma nahm mich aus der Stoffbahn und drückte mich an ihre Brust, und der Dicke sagte: „Sowas ist mir ja noch nie passiert. Die ist mir genau in die Flugbahn gelaufen. Wir brauchen einen Arzt. Bitte gehen Sie jetzt, ich rufe Sie an." Dann riss er die Tür auf und brüllte: „Gaby, rufen Sie sofort einen Notarzt. Ich habe gerade die Manuela betäubt!"

Wir gingen, und während wir durch den vorderen Raum unterwegs waren, sah ich, dass die Zweibeinerin in ein weißes Ding sprach, das an einer Schnur hing: „Ja, einen Notarzt. Was? Das habe ich doch eben gesagt, oder? Der Doktor hat meine Kollegin betäubt. Mit einem Blasrohr. Genau. Nein, ich bin nicht betrunken. Was ist jetzt, kommen Sie oder nicht?"

Wir gingen wieder zu der Wand, an die man tippen muss, damit die Türen aufgleiten, standen kurze Zeit in dem kleinen, viereckigen Raum, und gingen dann wieder raus. Merkwürdig.

Auf der Straße waren immer noch Blechkisten und viele Zweibeiner unterwegs. Ich war fix und fertig und kuschelte mich in der Beuteltasche zurecht, machte die Augen zu und schlief ein. Auf dem Schiff wurde ich kurz wach, sackte aber gleich wieder weg.

Zuhause nahm mich Emma aus dem Beutel, legte mich zu Petro in den Korb und sagte zu ihrem Zweibeiner: „Die Katze ist ein Kater. Wahrscheinlich aus Sizilien. Was sagst du jetzt?"

„Jetzt brauche ich ein Bier", sagte Peter und ging zu dem summenden Schrank.

Und Petro grinste mich an und meinte: „Da sind die beiden aber früh draufgekommen, was? Dass du ein Kater bist, meine ich. Wie wars in der Stadt?"

„Oh, ganz nett", sagte ich, „Komm doch das nächste Mal mit, das gefällt dir bestimmt auch."

Peter kam mit der Bierflasche in der Hand zum Korb und schaute mich an. Er nahm einen Schluck, rülpste und sagte über die Schulter zu Emma: „Dann muss er ja wohl kastriert werden. Hast du schon einen Termin gemacht?"

Gereizt erwiderte sie: „Nein, das ging nicht mehr, weil …". Peter unterbrach sie: „Was meinst du mit „weil"? Er darf doch neun oder zwölf Stunden vor dem Eingriff nichts essen und trinken, oder? Sowas hab ich mal gelesen. Warum starrst du mich so an? Hast du vielleicht vergessen, darüber mit dem Arzt zu sprechen? Echt jetzt?"

„Wir sind nicht dazu gekommen, mein Lieber, weil …" Aber er unterbrach sie schon wieder, und Petro flüsterte grinsend: „Also, das mag sie überhaupt nicht. Gleich ist hier was geboten!"

Recht hatte er. Emma wurde rot im Gesicht und stellte sich ganz dicht vor Peter: „Unterbrich mich noch ein einziges Mal, und ich vergesse mich. Halt einfach mal die Klappe und hör mir zu. Ab jetzt, ja? Der Doktor hat der Katze, ich meine, dem Kater, den Finger hinten reingesteckt, und da ist er ausgerastet."

„Der Doc ist ausgerastet? Ehrlich?"

„NEIN! HÖR. MIR. ZU!"

Peter hob die Hände und ging einen Schritt zurück, dann stieß er mit seinem Hinterteil an den Tisch. Er versuchte, ein Grinsen zu unterdrücken, und Emma wurde immer zorniger: „Der Kater ist durch das Behandlungszimmer geschossen wie eine Billardkugel. Die Sprechstundenhilfe kam rein, und zu dritt haben wir versucht, das Tier zu fangen. Ging nicht. Dann hat der Doktor ein Blasrohr genommen, und wollte dem Kater eine Beruhigungsinjektion verpassen. In dem Moment lief ihm aber die junge Frau in die Schusslinie. Die hatte dann den Pfeil im Arm, ihr wurde schlecht, und dann ist sie umgekippt. Ich habe den Kater irgendwie zu fassen bekommen und bin aus der Praxis gestürmt. Ist das jetzt bei dir angekommen? Ja? Gut, dann nicke einfach!"

Peter nickte und sagte dann: „Wow!" Er wollte noch was sagen, aber auf dem Tisch, hinter ihm, lag ein kleines Teil, das zu brummen anfing wie eine Hornisse in einer Glasflasche. Peter nahm das brummende Stück, hielt es sich ans Ohr und sagte: „Ja?"

Er nickte und schaute Emma an. Die hob die Augenbrauen, aber Peter hielt ihr einen erhobenen Finger vor das Gesicht und sprach wieder in das kleine Ding: „Wann denn? Nein, habe ich nicht, aber es ist doch normal dass ..., was? Gut, ja, wir halten die Augen offen. Aber wahrscheinlich ist sie bald wieder bei dir. Nein, keine Ursache, wir schauen uns um. Servus."

Er trank wieder aus der Flasche und sagte: „Das war der Jopi. Seine Katze ist weg."

Emma meinte: „Wie, weg? Wahrscheinlich ist sie noch draußen und fängt Mäuse oder so."

Peter schüttelte den Kopf: „Der dicke Klops geht doch nie weiter als einen Meter vors Haus. Und was das Mäusefangen anbelangt, da hat sie das Beamtensyndrom: Sitzt ruhig da, hält die Pfoten still vor sich und wartet, bis die Mäuse kommen. Die geht auch nicht freiwillig spazieren. Der Jopi ist fix und fertig. Die Katze ist doch sein ein und alles."

Im Raum wurde es still. Und als hätten sie gespürt, dass die Insel jetzt einen guten Guss gebrauchen konnte, waren Wolken aus Westen herangeeilt, und nun prasselte ein Regenschauer gegen die Fenster. „Komm, wir gehen mal schauen ob wir die Dicke nicht irgendwo sehen", sagte Emma und holte zwei gelbe Kleidungsstücke und einen großen Schirm aus dem Nebenraum, dann gingen sie aus dem Haus.

Das Geräusch des Regens und die einbrechende Dämmerung machten Petro und mich müde. Ich schloß die Augen und hörte Petros regelmäßiges Atmen neben mir, und ich spürte die Wärme seines Körpers an meiner rechten Seite.

Ich wollte mich in einen ruhigen Traum gleiten lassen, aber ich konnte nicht einschlafen. Petro auch nicht, denn er stützte sich auf, schaute mich an und sagte: „Du schläfst nicht, was? Mit dem Verschwinden von der alten Schmutzli, da stimmt was nicht, das spüre ich."

Fräulein Feline verschwindet

Ein Geräusch holte mich aus einem tiefen, traumlosen Schlaf. Meine Zweibeiner waren immer noch unterwegs, um zusammen mit den anderen nach Schmutzli zu suchen. Die Wolken, die den vielen Regen mit sich trugen, waren mit dem Abendwind weitergezogen, und es war fast dunkel.

Ich hörte Petro, wie er aus der Hintertür in den Garten ging, und ich streckte mich, gähnte, und trottete im Halbdunkel des Zimmers zum Wassernapf. Dann beschloss ich, auch noch ein wenig an die frische Luft zu gehen. Petro war bestimmt zu seinen Hundefreunden unterwegs, die oben am Baumgarten ihren abendlichen Treff abhielten.

Ich sprang über die Latten des Holzzaunes und lief auf dem Uferweg nach Süden. Es waren immer noch viele Zweibeiner unterwegs, und im Licht der Laternen warfen sie lange Schatten auf den Weg.

In dem großen Haus, in dem Ricarda wohnte, war viel Betrieb. Auf der Fläche vor dem Bau saßen viele Menschenwesen, die aßen und tranken und guter Laune waren. Ich hörte merkwürdige Musik, die auf einem Instrument gespielt wurde, das ich von Branco, dem Fischer aus Mondello, kannte. Ein Zweibeiner saß auf einem Stuhl und zog das kleine, kistenförmige Teil, das er auf dem Schoß hatte, weit auseinander, dann schob er es wieder zusammen. Seine Finger tanzten über die beiden Seiten der glänzenden Kiste, denn dort waren viele silber-und goldschimmernde Knöpfe. Mir gefiel die Melodie nicht, den Zweibeinern auf der riesigen Terrasse aber schon, denn viele von ihnen sangen mit. Es ging um eine Stadt, die Kufstein hieß, oder so ähnlich. Während des Liedes stießen sie unvermittelt hohe und eigenartige Töne aus, die mich an das Jaulen von Hunden erinnerten.

Vielleicht wollen sie damit ja welche anlocken, dachte ich und lief weiter. Schnell war ich an dem Holzweg, der in den See hineingebaut war, und den die Zweibeiner „Seglersteg“ nannten, wie mir Petro erzählte.

Am Ende des Stegs sah ich eine kleine, sitzende Gestalt, die zu den Sternen hochschaute, die sich mit einem ersten, zaghaften Glimmern auf eine lange Nacht vorbereiteten.

Mein Herz setzte für ein paar Schläge aus, als ich Ricarda erkannte, und ich trabte schnell zu ihr. Sie drehte den Kopf, erkannte mich, und ihr Gesicht leuchtete auf wie der Himmel an einem der Feuerwerke bei den Fischerfesten in Palermo.

Ich setzte mich dicht neben sie und sagte: „Ich bin gerade an deinem Haus vorbeigelaufen. Da sind viele Menschenwesen, aber ich habe gehofft, dich zu sehen. Und jetzt bist du hier, und ich freue mich so sehr, dass ich vergessen habe, was ich dir eigentlich sagen wollte.“

Sie sah mich lächelnd an und flüsterte: „Du brauchst gar nichts zu sagen, mein Lieber, weil ich in der Tiefe deiner Augen deine Seele sehe. Schau, wie schön die Sterne heute wieder strahlen."

Wir schauten beide zum Firmament hoch, und ich fragte sie nach einer Weile: „Bist du von hier? Ich meine, bist du hier geboren?"

Sie schüttelte den Kopf und sagte: „Nein. Ich habe bis vor zwei Wintern in der Stadt hinter der großen Insel gewohnt. Die heißt Prien, und da war ich bei einer netten Zweibeinerin. Sie hat mich sehr geliebt und ich sie genauso. Aber sie ist gestorben, und über eine andere Zweibeinerin bin ich dann hierher auf die Insel gekommen. Anfangs war ich sehr traurig und habe viel geweint, aber jetzt weiß ich, dass es das Leben gut gemeint hat mit mir. Denn wenn ich nicht hier wäre, hätte ich dich nie kennengelernt, oder?"

„Warum, oder besser gesagt, an was ist denn deine Zweibeinerin verstorben? War sie krank?"

Sie schaute mich lange an und sagte: „An einem gebrochenen Herzen. Aber das ist eine wirklich traurige Geschichte, die willst du nicht hören."

„Ich möchte gerne alles von dir wissen, aber wenn du es nicht erzählen willst, dann warte ich, bis du das irgendwann tun möchtest."

Sie rieb ihren Kopf an meiner Schulter, dann seufzte sie: „Ich habe das noch nie jemandem erzählt, aber ich glaube, du verstehst das, was ich dir jetzt anvertraue, denn ich denke, du hast die Traurigkeit gesehen und weißt deshalb, wie ich fühle."

Ich war gerührt und wusste nicht, was ich antworten sollte, und zu allem Überfluss bekam ich vor

Aufregung einen Schluckauf. Sie lachte und sagte: „Wenn Hunde Schluckauf haben, dann hilft es, wenn sie knurren. Kannst du knurren?“

„Bin ich ein Hund?“ Wieder so ein teuflischer Schluckaufanfall. „Bei uns in Mondello haben die Hunde ein Sprichwort, das heißt ‚Du kannst nicht behaupten, Honig zu sein, wenn du eine Bratwurst bist.‘“

Sie schaute mich verständnislos an, dann machte sie ein erschrecktes Gesicht und rief: „Hinter dir, schnell!“

Ich wirbelte herum und sah ... nichts. Dann hörte ich ihr Lachen und wollte etwas sagen, aber dann merkte ich, dass der Schluckauf weg war.

„Siehst du, Leo, wenn man jemandem einen Schrecken einjagt, dann hilft das auch. Komm, setz dich wieder zu mir.“

Ich räusperte mich, setzte mich ganz nah zu ihr und schaute sie an.

„Weißt du“, sagte sie, „meine Zweibeinerin aus Prien hat vor vielen Jahren einen Menschen kennengelernt, und es war für beide die ganz große Liebe. Aber er hatte eine Arbeit, die ihn immer wieder weit forttrieb. Er erzählte auch nie genau, was er tat. ‚Frag nicht‘, hat er immer zu ihr gesagt. Und eines Tages, da blieb er einfach weg. Sie hörte lange Zeit nichts mehr von ihm, zwei Sommer und zwei Winter lang. Eines Nachts rief er sie mitten in der Nacht an, mit dem Ding, das die Zweibeiner „Telefon“ nennen.

‚Komm zum Bahnhof, ich bin am Mittag da', sagte er. Sie ging zum Bahnhof. Weißt du, was das ist, ein Bahnhof?"

Ich schüttelte den Kopf, und sie sprach weiter: „Es gibt große, lange Röhren, in denen sitzen viele Zweibeiner drin. Mit diesen Röhren kann man überall hinfahren. Ich bin selber mal mitgenommen worden, aber das ist eine andere Geschichte.

Also, diese rundlichen und sehr langen Dinger fahren auf kleinen Rädern, mit denen sie auf einer ganz schmalen Straße bleiben müssen, und diese Straßen sind nur für diese rollenden Röhren da. Und in den Orten, in denen die Röhren Zweibeiner ein- und aussteigen lassen, da gibt es diese Bahnhöfe, da treffen sich alle Zweibeiner, die irgendwohin wollen und warten, bis eine Röhre angefahren kommt, die ihnen gefällt. Egal, meine Zweibeinerin ging also zu dem Bahnhof und wartete, aber der, der kommen sollte, stieg nie aus einer dieser Röhren. Sie ging über einen langen Zeitraum jeden Tag dahin, aber ihr Zweibeiner war nie unter denen, die aus den Röhren kamen. Eines Tages sagte ein anderer Zweibeiner, der da an diesem Bahnhof Futter für die Menschenwesen verkaufte: ‚Er kommt nicht mehr.'

Irgendwann heiratete sie den Futterverkäufer, denn er betete sie an. ‚Er war so gut zu mir, aber ich habe ihn nie geliebt', hat sie mir mal erzählt. Als der Futterhändler starb, übernahm meine Zweibeinerin das, was er am Bahnhof gemacht hat. Viele Jahre hat sie diese Arbeit getan, dann läutete eines Nachts dieses Telefonding wieder, und der, auf den sie so viele Jahre gewartet und gehofft hatte, war dran. ‚Ich habe dich geliebt wie keine andere, aber es hätte nicht geklappt mit uns beiden, denn ich hätte dich nur unglücklich gemacht. Verzeihst du mir?'

Sie sagte ‚Ja, ich verzeihe dir. Wo bist du?' Er war in einem Haus, in das die Zweibeiner gehen, wenn sie viele Schmerzen haben. Dieses Haus war in einer anderen Stadt, weit weg, und es waren viele Stunden in einer dieser Röhren zu fahren. Aber sie wollte ihn nochmal sehen. Also besorgte sie sich viele von diesen bunten Papierschnipseln, mit denen sich die Zweibeiner gegenseitig belohnen oder Dinge dafür eintauschen, und sie fuhr mit einer Rollröhre in die weitentfernte Stadt zu dem Haus der Schmerzen. Sie wollte mit ihm sprechen und ihm helfen, denn sie liebte ihn immer noch. Doch dort sagte man ihr, dass er in der Nacht gestorben sei.

Sie kam wieder nachhause und klemmte die Klingel von dem Telefondings ab. Sie wollte nicht mehr angerufen werden. Nie wieder. ‚Wenn ich jemanden anrufen will, dann tue ich das' sagte sie, ‚aber ich will nie mehr angerufen werden'. Sie hat das Futtergeschäft am Bahnhof für viel buntes Papier verkauft und ging fast nie mehr aus dem Haus.

Gesprochen hat sie nur noch mit mir, und sie hat sehr oft dabei geweint. Und eines Morgens ist sie einfach nicht mehr aufgewacht. Ich war einige Tage und Nächte mit ihr im Zimmer, dann kamen Zweibeiner und haben sie von mir weggeholt. Und mich kurz darauf auch. Aber seit zwei Sommer und Winter bin ich hier, und es ist ein schönes und aufregendes Leben, das ich habe. Aber ich vermisse sie sehr. Vielleicht sehe ich sie eines Tages wieder, was meinst du?"

Ich schaute zum Nachthimmel hoch und sagte: „Vielleicht ist sie ein Stern geworden und sieht dich von da oben."

Sie drückte sich an mich und seufzte. Wir schwiegen lange, dann sagte ich: „Was ist Winter?"

Sie lächelte: „Oh, das wirst du mögen. Es wird zwar sehr kalt, und die Regentropfen frieren so sehr, dass sie einen weißen Pelz bekommen. Und sie haben es auch nicht mehr so eilig wie im Sommer, sondern schweben ganz langsam und leicht aus den Wolken zu uns hernieder. Alles ist weiß und glänzt, und der See bekommt eine ganz harte und kalte Haut, so hart, dass man auf ihr gehen kann."

Ich schaute sie skeptisch an, sie lachte und sagte: „Es dauert nicht mehr lange, dann wirst du das selber sehen, Leonardo, und du wirst es mögen, glaub mir."

Mit fiel plötzlich die verschwundene Katze wieder ein, und ich fragte Ricarda: „Hast du gehört, dass die Schmutzli verschwunden ist?"

Sie schüttelte den Kopf und meinte: „Nein, das ist ja schlimm. Ist ihr was passiert?"

„Ich weiß nicht, aber meine Zweibeiner suchen sie, und Petro ist zu den Hunden gelaufen, die sich immer oben bei den alten Bäumen treffen. Vielleicht wissen die was. Wann ist denn wieder Katzenrat?"

„Morgen, wenn die Sonne tief im Westen steht, warum?"

„Weil wir was organisieren müssen, deswegen. Wenn bei uns in Mondello sowas passiert ist, dann haben alle zusammengehalten, sogar die Hunde waren manchmal mit von der Partie und haben mit uns gesucht", sagte ich.

Sie schaute sich um und meinte: „Ich geh mal und schaue mich ein bisschen um. Um diese Zeit müsste die Feline noch vor dem Haus ihrer Zweibeiner sitzen. Die kriegt alles mit, was im Westen der Insel passiert. Kennst du die Feline schon?"

Ich schüttelte den Kopf und sagte: „Nein, ich glaube nicht. Wie sieht die denn aus?"

Ricarda überlegte kurz: „Sie ist schwarz-grau getigert, um die Schnauze rum weiß, und sie hat ..., warte mal ..., grünliche Augen. Eine sehr schöne Katze, die Feline, aber auch sehr eigen."

„Wie meinst du das, eigen?"

„Na ja, die meiste Zeit sitzt sie vor dem Haus ihrer Menschenwesen. Ihre Beiden wohnen nördlich von hier, in der Nähe der Stelle, wo die vielen Zweibeiner in der Sonne liegen und zum Schwimmen in den See gehen. Und vor dem Haus sitzt sie deshalb, weil sie den Geruch ihres Katzenklos nicht mag. ‚Bei uns riecht die ganze Hütte danach', hat sie mir mal erzählt, deswegen ist sie lieber draußen. Ihre Runden dreht sie, wenn der Mond hoch am Himmel steht, und kurz bevor es hell wird, geht sie wieder zu ihrem Haus. Was ist, kennst du sie?“

„Nein“, sagte ich, „nur die paar, die beim Treff waren, kenne ich, sonst niemanden. Ich bin ja erst kurz auf der Insel. Warum mag mich der Jacko eigentlich nicht?“

„Ach der“, lachte sie, „der ist ein ganz komischer Kauz und hält sich für den Katzenchef. Er hat ja auch dauernd Streit mit Mina, denn die ist knallhart und lässt sich nichts vorschreiben. Aber vor Jacko haben sogar die Hunde Respekt. Ich glaube, der einzige Hund, mit dem er so einigermaßen klarkommt, das ist der Rambo. Das ist der, den du als Wurst auf vier Beinen bezeichnet hast. Ich mag den Rambo aber auch, weil er witzig und nett ist. So, was ist jetzt, kommst du mit zu Feline?“

Ich schüttelte den Kopf: „Nein, ich schau mich auf der Ostseite nochmal um, und dann will ich mit den Hunden reden, vielleicht wissen die was.“

„Pass bloß auf, dass du da keinen Ärger bekommst. Du kannst da nicht so einfach bei ihrem Treffpunkt auflaufen, da muss schon einer von denen für dich bürgen, sonst kommst du da nicht weit.“

Ich nickte, sie stupste mich zärtlich mitten auf die Schnauze, ich bekam sofort wieder Schluckauf und lief weg.

„Sehen wir uns morgen?“ rief sie mir nach, und ich stellte den Schwanz hoch und nickte.

Ich ging, von der Südspitze kommend, östlich am Kloster entlang, schaute unter die Bäume, die in

Gruppen am Ufer wuchsen, und kam schließlich zu dem Haus, das die Zweibeiner „Klosterwirt“ nennen. Auf dem Rasen neben der großen, braunen Holzhütte standen viele Zweibeiner, große und kleine. Ein weibliches Menschenwesen war ganz in weiß gekleidet, und hinter dem Kleid zog sie noch eine lange Stoffbahn über das kurzgemähte Gras hinter sich her. Der Stoff war an ihren Schultern befestigt, auch er war weiß. Sowas ähnliches hatte ich schon gesehen, allerdings hing das dann immer links und rechts vor einem durchsichtigen Loch in der Wand, das die Menschen „Fenster“ nennen.

Neben der Zweibeinerin in dem weißen Fensterstoff stand ein Mann, der ganz in Schwarz und in ein weißes Hemd, von dem man nur ganz wenig sah, gekleidet war. Auf seinem Kopf hatte er einen hohen, schwarzen Hut, wie ich ihn in Mondello bei den beiden Zweibeinern gesehen hatte, die auf Dächern gingen und neugierig in die Rohre schauten, die oben aus den Dächern rauskamen.

Mein Herz machte einen Sprung, als ich die vertraute Kleidung sah, aber dann bemerkte ich eine Gruppe von Zweibeinern, die unter einem der Bäume saßen. Sie hatten große und kleine glänzende Metallstücke in den Händen, führten die zum Mund, und begannen gleichzeitig mit einem Höllenlärm.

Die Zweibeinerin mit dem Vorhangstoff schnappte sich den Mann vom Dach, und sie drehten sich im Kreis, so ähnlich, wie ich das bei den

Fischern in Mondello gesehen hatte. Dann drehten sich plötzlich auch alle anderen, manche zu zweit, und andere, vor allem die Jungen und die Kleinen, jeder für sich alleine.

„Das ist eine Hochzeit, so nennen sie das hier", sagte eine Stimme direkt neben mir, und ich erschrak so sehr, dass ich merkte, wie sich meine Ohren anlegten.

Petro stand grinsend da und strahlte mich an. Ich ruderte mit dem Schwanz, und er ging schnell einen Schritt zur Seite: „Ganz ruhig, Leo, ich wollte dich nicht erschrecken. Ich habe dich gesucht. Wo warst du?"

„Drüben auf der Westseite, dann beim großen Steg im Süden. Keine Spur vom Schmutzli. Ich hab die Ricarda getroffen, die geht jetzt zu Feline und fragt, ob sie was gesehen hat. Kennst du die Feline?"

„Klar", sagte er, „Die ist nett, hat aber diesen Sauberkeitstick und sitzt meistens im Garten vor dem Haus, von daher kenne ich sie. Ich war bei den Jungs oben am Bolzplatz. Die haben nichts mitgekriegt. Calli meint, dass die alte Schmutzli vielleicht auf eines der vielen Schiffe gegangen ist, die hier am Steg anlegen. Die meisten von den großen Schiffen kommen hierher, spucken viele Zweibeiner aus und holen sie später wieder ab. Aber ich glaube das nicht, dass sie auf einem solchen Schiff ist. Die Schmutzli ist sowas von bequem, die lässt sich sogar ihr Futter aufs Sofa bringen, hat sie mir mal erzählt. Also, wenn die weg ist, dann muss schon was passiert sein. Der Jopi rennt rum und fragt alle Zweibeiner, die er sieht. Er ist ziemlich sauer und ich habe gehört, wie er gesagt hat, wenn seiner Katze was passiert ist, dann Gnade dem Gott, der das getan hat."

„Helfen deine Hundekumpel bei der Suche?"

Petro kratzte sich am Kopf und meinte: „Wo sollen sie denn suchen? Das ist eine kleine Insel, hier kann man sich nicht lange verstecken. Und hier gibt es auch keine tiefen Brunnenschächte wie in Mondello, in die man reinfallen könnte. Noch was, das du nicht vergessen darfst: Die Schmutzli ist Jopis absoluter Liebling, das wissen alle hier. Und mit dem Jopi legt sich keiner an. Der kann zwei von den Menschenwesen gleichzeitig nehmen und sie in die Büsche werfen. Das habe ich selber schon gesehen. Da hatte er allerdings schon viel von dem Zaubertrank intus."

„Die haben hier einen Zaubertrunk?" Das interessierte mich jetzt schon ziemlich, und Petro nickte: „Ja klar. Den gibt es überall in den Wirtshäusern. Das ist so ein brauner Saft, der in sehr großen Gläsern auf die Tische kommt. Und wenn die Zweibeiner drei oder vier oder fünf Glaskrüge von diesem Zeug mit dem weißen Schaum obendrauf getrunken haben, dann werden sie laut und sehr stark. Da kann es dann schon mal sein, dass sie sich diese Gläser um die Ohren hauen, oder wie der Jopi, sich einfach zwei von denen schnappen, und in die Büsche werfen."

Petro schaute sich die drehenden Zweibeiner an, dann sagte er: „Mir ist das zu laut. Und diese

Art von Musik mag ich gar nicht. Wenn ich da an unsere Fischer in Mondello denke, die hatten schönere Lieder."

„Vermisst du Mondello eigentlich sehr?", fragte ich, und er meinte: „Ja und nein. Aber ich freue mich immer, wenn meine Zweibeiner mich in das Rollhaus packen und auf die lange Reise gehen. Nach dem Winter und dem Sommer fahren wir bestimmt wieder dahin. Und ich denke, dass sie dich nächstes Mal auch mitnehmen werden. Würde dir das gefallen?"

Ich nickte und dachte, dass ich aus dem Rollhaus springen würde, sobald ich die Luft von Mondello in die Nase ziehen könnte. Aber das sagte ich ihm nicht. Er rief: „Bis gleich", drehte sich weg und lief zum Uferweg.

Ich sah mir das Spektakel noch kurz an, und trottete dann ebenfalls nach Norden um mich ein bisschen umzusehen. Es war aber schon ziemlich dunkel, also nahm ich den zweiten Weg, der nach Westen über die Insel führte.

Aus einer mächtigen Baumkrone über mir hörte ich ein Geräusch, dann flog etwas Schwarzes nach unten und landete unsanft im Gras neben dem Weg.

„Aua, immer auf die Seite, die mir eh schon wehtut", fauchte Jacko und sah mich dann an: „Was glotzt du so? Es ist nicht so, wie du denkst. Ich springe immer so aus den Bäumen, das ist viel schneller als die blöde Kletterei. Ich hab nur in der

Luft das Gleichgewicht verloren.“ Ächzend kam er auf die Beine und sagte: „Ich hab dich zufällig gesehen, und ich denke, wir beide sollten mal ein Wort unter Katern wechseln.“

Ich ging einen Schritt zurück, kniff die Augen zusammen, und mein Schwanz schlug träge auf das Gras. Im trüben Licht der Laterne glänzte Jackos Fell, als er sich bewegte. Dicht vor mir blieb er stehen und fauchte: „Mach hier nicht auf dicken Macker, Kleiner. Solche wie dich nehme ich zum Frühstück. Und jetzt pass mal auf: Finger weg von Ricarda. Die hab ich mir reserviert, und da kommt mir kein schmalzlockiger, spaghettimümmelnder Katzelmacher in die Quere, haben wir uns soweit verstanden?“

„Und wenn nicht?“ fragte ich und legte die Ohren an. Er grinste böse und zischte: „Dann mache ich Futter für die Raben und Möwen aus dir. Gleich hier und jetzt, möchtest du das? Überleg gut, was du jetzt sagst. Noch kannst du auf deinen eigenen vier Beinen verschwinden!“

„Du willst also kämpfen?“, fauchte ich, und er grinste noch breiter und sagte höhnisch: „Kämpfen? Das ist kein Kampf, Kleiner, sondern ich werde dich jetzt nach allen Regeln der Kunst zerlegen! Noch was: Das, was von dir eventuell noch übrigbleibt, sollte das Debakel nicht persönlich nehmen. Es geht rein ums Geschäftliche. Dies hier ist meine Insel, die Katzen, die darauf rumlaufen sind meine, und das werde ich dir jetzt eintrichtern. Gut, können wir anfangen?“

Ich schaute an ihm vorbei und rief: „Hey, Calli!"

Jacko fauchte. „Was zum …" und drehte schnell den Kopf nach hinten.

In diesem Moment schlug ich ihm mit beiden Vorderpfoten hintereinander kräftig in die Schnauze. Meine Krallen zogen rote Spuren über seine Nase, und er schrie auf. Ich schlug so hart und schnell ich nur konnte und war wie im Rausch. Jacko kreischte und fauchte und versuchte, meine Krallen abzuwehren, aber ich traf ihn voll über den Augen, sprang ihm dann direkt auf den Rücken und biss kräftig zu. Er fiel um und schrie: „Hör auf, Mann, hör auf! Bitte!"

Ich ließ von ihm ab, er lag seitlich auf dem Boden, hatte die Augen geschlossen und atmete schwer, und ich brachte meine Schnauze ganz nah an sein linkes Ohr und flüsterte: „Da, wo ich herkomme, sagt man: ‚Es gibt zwei Arten von Schmerz. Den Schmerz, der dich verletzt, und den Schmerz, der dich verändert'. Wenn du glaubst, dass du jetzt verändert bist, dann sag es mir. Ich werde dir aber auch noch ein Angebot machen, das du nicht ablehnen kannst. Kannst du mich gut hören?"

Er schüttelte erst benommen den Kopf, nickte aber dann heftig und blieb ganz ruhig liegen. Ich stellte mich vor ihn und sagte: „Sehr gut, und jetzt hör gut zu. Was ich dir jetzt sage, musst du dir merken, denn ich werde es nicht wiederholen. Hier ist die Botschaft: Das, was hier passiert ist, bleibt unter uns. Niemand wird je davon erfahren. Dafür bist du mir aber einen Gefallen schuldig."

„Ok, was willst du?", stöhnte er.

Ich schüttelte den Kopf: „Im Moment nichts. Aber irgendwann werde ich zu dir kommen und dich um eine Gefälligkeit bitten. Wirst du sie mir dann erweisen, egal, um was auch immer ich bitten werde?"

Er nickte, und ich sagte: „Gut. Ich gehe jetzt. Du wirst hier noch ein bisschen bleiben. Wenn du mir aber trotzdem nachkommst, kriegst du den Rest der Behandlung. Ach, und noch was: Ab morgen wirst du mich höflich und mit Respekt behandeln, und ich dich auch. Und was Ricarda anbelangt, lassen wir sie selbst entscheiden, wen von uns beiden sie will. Einverstanden?"

Er nickte wieder, und ich sagte: „Gut. Ich wünsche dir eine ruhige Nacht, mein Freund."

Dann ging ich den Weg nach Westen, vorbei an den uralten Lindenbäumen und war bald darauf zuhause.

Petro lag in unserem Korb und hob nur träge den Kopf, als ich mich neben ihn kuschelte. „Die Jungs haben morgen, wenn die Sonne im Osten steht, wieder eine Besprechung. Weißt du was? Komm doch einfach mit, ich kläre das mit den Burschen vorher ab. Du hast freies Geleit, keiner tut dir was, ok? Ich meine, wenn die alte Schmutzli tatsächlich von irgendjemandem gefangen wurde, dann kann es morgen oder übermorgen auch einen von uns Hunden treffen. Wir brauchen einen Plan, und du bist ein schlauer Bursche."

Er drehte sich weg, schaute aber nochmal über die Schulter und sagte: „Kann ja sein, dass ich mich getäuscht habe, aber hattest du vorhin ein bisschen Stress mit dem Jacko?"

„Warum? Wie kommst du denn darauf?" Ich gähnte und blinzelte, und er meinte: „Na ja, ich war vor dem Haus, in dem das ist, was die Zweibeiner eine Inselgalerie nennen. Und ich hätte wetten können, dass ich da von unten am Weg was gehört habe, das in meinen Ohren irgendwie nach einer Katzenbalgerei geklungen hat. Du warst doch da, am Weg bei den Bäumen, oder?"

Ich schüttelte den Kopf und sagte: „Da hast du dich aber kräftig verhört. Was sollte einer wie ich gegen einen wie den Jacko schon ausrichten können?"

Er erwiderte grinsend: „Junge, ich kenne die Geschichten über dich aus Mondello, und bei der Sache mit dem Boxer war ich zufällig ganz vorne mit dabei, schon vergessen? Ich glaube, ich kenne dich besser, als du denkst, Leo!"

Ich sagte: „Du kennst mich, ja? Weißt du was? Ich kenne mich selbst so wenig, dass es mir egal ist, wie ich bin oder nicht. Auch, weil ich mich so gut wie überhaupt nicht für mich selbst interessiere. Verstehst du das?"

Er schaute mich an und erwiderte: „Nein. Das ist mir zu hoch. Und deswegen schlafe ich jetzt, und das solltest du auch machen.“

Unsere Zweibeiner kamen erst spät in dieser Nacht zurück. Sie schauten bei uns am Korb vorbei, und gingen dann gleich in ein anderes Zimmer. Ich hörte sie noch ein bisschen reden, dann sah ich, wie der Spalt unter der Tür dunkel wurde, und die Nacht deckte uns alle mit ihrem schwarzen Tuch zu.

Ich schlief schnell wieder ein und hatte einen schönen Traum: Es war kurz vor Sonnenuntergang. Die letzten goldenen Strahlen fielen durch die Wipfel der alten Bäume bei der südlichen Klostermauer und verliehen den sanften Wellen des Sees einen goldenen Glanz. Ich ging zum Ende des Stegs, setzte mich und schaute zu der anderen, viel größeren Insel hinüber. Man sah von hier aus eigentlich nur den Wald, eine grüne, undurchdringliche Mauer aus Stämmen und Blättern, die eine kühle Dunkelheit ausstrahlte. Nur ein paar Steinwürfe entfernt lag die kleine Insel, auf der keine Zweibeiner wohnen, und vor der ein paar Boote dümpelten.

Plötzlich saß meine Mutter neben mir. Auch sie schaute zu der großen Insel hinüber, dann sagte sie: „Möchtest du mit mir rüberfliegen, Leonardo?“

Während ich nickte, hob sie die Vorderpfote und schon schwebte sie über mir. Ich machte einen Sprung, und wir flogen nebeneinander über die kleine Insel zu der großen.

Hinter den vielen Bäumen sah ich ein Schloss, so prächtig, wie ich nie zuvor eines gesehen hatte. Es war weiß, hatte eine eigenartige Form, und vor dem Prachtbau war ein weiter Platz mit einem großen runden Wasserbecken, aus dem viele nasse Fontänenstrahlen aufstiegen.

Ich jubelte, und meine Mutter lachte laut und sagte: „Schau, so haben die Könige der Zweibeiner gelebt. Du bist auch ein König, mein Leonardo, und dein Schloß ist die ganze Insel, auf der du lebst."

Plötzlich wurde der Himmel dunkel, meine Mutter schaute mich ernst an und sprach mit einer ganz anderen Stimme zu mir: „Leo ..., Leo, wach auf ..., Leo, da ruft wer nach dir!"

Ich öffnete die Augen und schaute im Dämmerlicht des neuen Tages in Petros Gesicht.

„Leo, die Ricarda ist draußen und ruft nach dir. Hör doch!"

Ich setzte mich auf und vernahm ihre Stimme, die sehr verzweifelt klang: „Leonardo ..., kannst du mich hören, Leonardo? Sag doch was, wenn du mich hörst! Bitte, Leo, ich brauche dich!"

„Geh zur Hintertür, die ist immer einen kleinen Spalt offen", raunte Petro, und ich sprang aus dem Korb und rannte durch das halbdunkle, von eigenartigen Schatten bewohnte Zimmer. Im Nu war ich draußen und lief um das Haus herum.

Ricarda saß wie ein Häufchen Elend auf der untersten Stufe zur Terrasse. Ihre Pupillen waren geweitet, waren große, unnatürliche Löcher, die mich flehentlich anstarrten.

„Die Feline ist entführt worden!“

„Was?“

„Ja, einer der Hunde hat gesehen, wie sie in einem kleinen Käfig davongetragen wurde. Sie hat geschrien, und der Hund hat gebellt, aber der Zweibeiner hat ihn getreten und mit Steinen nach ihm geworfen!“

„Was geschah dann?“ Ich war hellwach und schaute mich um, aber der neue Tag hatte noch zu wenig von seinem Licht ausgepackt.

„Er ist mit ihr in einem Boot weggerudert, nach Westen. Leonardo, bitte, mach was!“

Petro kam um die Ecke und setzte sich zu uns. „Was ist los?", fragte er, und ich sagte: „Die Feline ist entführt worden, und einer der Hunde hat es gesehen."

„Welcher?" Petro schaute mich an, ich sah Ricarda an, und sie guckte mit aufgestellten Ohren und aufgefächerten Tasthaaren um sich und meinte: „Die kleine Hündin, ich glaube, die heißt Lilly oder so."

„Lissi, so heißt sie, die kenne ich", sagte Petro, „aber warum war sie um die Zeit noch unterwegs?"

„Woher soll ich das wissen?" Ricarda starrte Petro missmutig an, dann sagte sie zu mir: „Du musst was machen, Leo! Erst verschwindet die Schmutzli, und dann wird die Feline entführt. Von einem Zweibeiner, der ganz in Schwarz gekleidet war, sagte der Hund."

„Der Hund ist eine „sie", erwiderte Petro, „und ich werde jetzt mal zum Bolzplatz hochlaufen und schauen, ob ich die Jungs zusammentrommeln kann. Es ist ja noch ziemlich früh am Morgen, aber wir müssen da was machen, das ist schon klar. Leo, geh du mal schön langsam zum Baumgarten hoch, und warte da auf mich. Ich muss erst mit den Hunden reden, dass es da keinen Stress gibt, wenn du am Treffpunkt auftauchst, ok?"

Ich nickte und sagte zu Ricarda: „Warum war die Feline draußen? Ich denke, die sitzt nur vor dem Haus rum, hast du mir erzählt?"

Ricarda erwiderte: „Ihre Zweibeiner haben vor einiger Zeit eine Katzenklappe in eine der Türen gebaut. Feline kann nachts nicht so gut schlafen, und so um Mitternacht rum will sie meist raus. Dann läuft sie ein- oder zweimal um die Insel und geht dann wieder ins Haus. Tagsüber will sie nicht rumgehen, weil da zuviele Zweibeiner auf der Insel sind, hat sie mir mal erzählt. Ach, da fällt mir noch was ein: Sie erwähnte, dass sie in den Büschen bei der Ostmauer des Klosters eine eigenartige schwarze Kiste gesehen hat, und die wollte sie sich bei Gelegenheit mal näher ansehen. Was soll ich jetzt nur machen, Leo?"

„Geh nach Hause, mein Liebling. Ich tue, was ich kann, und sobald wir was wissen, erzähle ich es dir, ja? Und noch was: Bleib bitte heute ganz in der Nähe deiner Zweibeiner. Man weiß nie, was noch so alles passiert. Versprichst du mir das?"

Sie nickte wortlos, gab mir einen feuchten Nasenstüber und ging. Petro grinste und sagte: „Mein Liebling, was? Dich hat es ganz schön erwischt, mein armer Leonardo."

Ich fauchte: „Geh du zu deinen Hundekumpel und mach deinen Job. Ich bin beim Baumgarten und warte dort auf dich. Hau jetzt ab. Los!"

Er versuchte, mich auf die Nase zu küssen, aber ich fegte ihm lächelnd eine mit der linken Pfote. Ohne Krallen, allerdings.

Ich trabte den sanften Hügel hinauf, nach Osten, und kam an einem der älteren Fischerhäuser vorbei. Ein merkwürdiger Singsang stoppte mich, ich ging ein paar Meter zurück und schaute zum Dach des Holzhauses hinauf. Oben, neben dem Rohr, das die Zweibeier „Kamin“ nennen, genau auf dem First, saß eine kleine schwarze und pelzige Gestalt, mit dem Rücken zu mir. Sie hatte den Kopf in den Nacken geworfen, und im Dämmerlicht des neugeborenen Tages erkannte ich, wer da oben lauthals und ziemlich misstönend vor sich hinsang. Es war mein neuer Freund Jacko.

Ich stellte die Ohren auf und verstand nun die Wörter, die er von sich gab. Er sang: „Mein Papagei frisst keine harten Eier, er ist ein selten dummes Vieh. Er ist der schönste aller Papageier, nur harte Eier, die frißt er nie.“

Während ich noch überlegte, was ein Papagei wohl sein könnte, und warum er im Gegensatz zu mir anscheinend keine Eier mochte, hörte ich hinter mir eine dünne, piepsige Stimme: „Kannst du vielleicht mal ein Stück zur Seite rutschen, oder war dein Vater durchsichtig?“

Ich fuhr erschrocken und fauchend herum und sah … nichts. Dann hörte ich die Stimme wieder: „Noch ein Stück, dann passt es.“

Ich sagte: „Wo bist du?“ Und die Stimme antwortete: „Na, hier unten. Siehst du auch noch schlecht?“

Ich sah nach unten und sah im feuchten Gras ein kleines Wesen, das nur aus Stacheln zu bestehen schien. „Was bist du?“, fragte ich, und das Wesen sagte verärgert: „Bist du vom Mars, oder willst du mich vergackeiern?“

„Ich bin aus Mondello, und du?“

„Ich bin von hier, du Traumtänzer. He, hast du noch nie einen Igel gesehen?“

„Wenn ich ehrlich sein soll, nein. Aber sag mal, warum hast du denn überall am ganzen Körper so viele Stacheln?“

Der Igel starrte mich an und sagte: „Das wüsste ich selber auch gerne. Die stören mich nämlich manchmal ganz gewaltig. Besonders beim …, du weißt schon, oder? Aber der letzte, der mir verbindlich hätte sagen können, was bei den ganzen Stacheln der Gag ist, der ist seit gut zweitausend Jahren weg, hab ich gehört. Hey, wo ist dieses Mondello? Die ganze Insel kenne ich nämlich noch nicht, musst du wissen.“

„Mondello ist ein Ort weit hinter den Bergen auf der anderen Seite des Sees. Warst du denn schon mal von dieser Insel runter?“

„Du bist ein echter Komiker, was? Sehe ich aus wie ein Schwimmer? Und welche Berge meinst du überhaupt? Das da drüben am Weg sind nämlich Maulwurfshügel. Ach was solls, halt lieber die Klappe. Gleich bringt er nämlich mein Lieblingslied.“

„Ah ja. Welches denn?“ Der kleine stachelige Bursche starrte mich immer noch ziemlich aggressiv an, doch dann wurde sein kleines Gesicht weicher. Er schloss die runden schwarzen Knopfaugen, bewegte den spitzen Kopf zu einem Takt, den nur er hörte, und sang mit seiner Piepsstimme: „Mein kleiner grüner Kaktus, steht draußen am Balkon, holleri, hollero, hollera." Er öffnete die Augen, schaute mich groß an, schüttelte zweifelnd den Kopf und sagte: „Jetzt sag bloß, das kennst du auch nicht?"

Oben auf dem Dach wendete sich Jacko uns halb zu und fauchte: „Ist dann bitte mal Ruhe auf den billigen Plätzen, ja? Sonst komm ich gleich runter und spiel euch das „Lied vom Tod"! Dieses Genuschel im Publikum kann ich sowas von überhaupt nicht ausstehen."

Ich rief zu ihm hoch: „Dann komm doch, Caruso. Ich bin hier!"

Jacko drehte sich ganz um, sah mich, und maunzte laut: „Neiiin!" Da verlor er das Gleichgewicht und rutschte auf den glatten Dachziegeln nach unten, wollte sich an der Rinne festhalten, griff daneben, und fiel fauchend und umsichschlagend vom Dach.

Er landete mit dem Hinterteil auf dem Igel, der sich erschrocken davon machte und im Weglaufen rief: „Diese Künstler haben doch alle einen an der Latte!"

Jacko lag vor mir, glotzte mich anklagend an, aber ich sagte lächelnd: „Na, einen schönen guten Morgen, Pavarotti, wie geht es uns denn?"

„Was ist ein Pavarotti? Hey, weißt du, was komisch ist? Ich falle immer auf die gleiche Seite. Wie ein Stück Brot mit Fisch oben drauf. Wenn ich das vom

Tisch hole, und es fällt mir dabei runter, liegt der Fisch immer unten. Kannst du mir das erklären?"

Ich schüttelte den Kopf und wurde ernst: „Die Feline ist entführt worden. Schon die zweite Katze in kurzer Zeit. Einer von den Hunden hat was gesehen, und ich gehe deswegen jetzt gleich mal hoch zum Bolzplatz. Wir Katzen treffen uns dann später, wenn die Sonne schräg im Osten steht. Komm du auch, denn wir müssen was unternehmen, ok?"

Er nickte, überlegte kurz, dann sagte er: „Im letzten Herbst sind auch zwei oder drei Katzen verschwunden. Von denen hat man nie wieder was gehört. Wir haben geglaubt, die wären auf die großen Schiffe gegangen, oder ertrunken oder so. An einen Katzenfänger hat da keiner gedacht. Wer von den Zweibeinern auf der Insel sollte sowas tun? Mir fällt da keiner ein."

„Na ja, die Feline hat irgendwas entdeckt, das sie sich näher ansehen wollte. Und als nächstes hat sie der Hund gesehen. Da war sie aber schon in einer schwarzen Kiste, die ein Zweibeiner getragen hat, der auch ganz schwarz angezogen war."

„Warum hat der Hund nichts gemacht? Ich meine, die haben doch sonst auch immer eine große Klappe und gehen keinem Streit aus dem Weg?"

„Das werde ich alles gleich ganz genau erfahren. Sei du später beim Katzenrat, dann sehen wir weiter, ja?"

Er nickte und humpelte davon. Ich ging zum Baumgarten hoch, und im Kopf hatte ich wieder diese eigenartige Melodie: „Mein kleiner grüner Kaktus …“

Der Tag packte langsam sein Licht aus, und über die Wiese sah ich die Hunde unter den uralten Linden im Gras sitzen. Petro kam zu mir rübergelaufen und sagte leicht atemlos: „Alles klar, komm mit. Keiner wird dir Ärger machen, solange ich dabei bin. Die Lissi ist auch drüben. Die zittert immer noch und ist fix und fertig.“

Wir trabten zu den Hunden, und ich setzte mich neben Petro.

„Den Leonardo kennt ihr ja, oder? Was ihr nicht wisst, da, wo er herkommt, da kennt man das Problem. Deswegen ist er hier.“

„Wir sind aber keine Katzen“, sagte der Labrador und grinste mich dümmlich an. Der riesenhafte Rottweiler neben ihm, der Chef der Truppe knurrte: „Halt die Klappe, Romeo, und lass den Kleinen reden.“

„Gut“, sagte ich, und schaute die verängstigte kleine Hundedame an: „Was genau hast du denn gesehen?“

Mit großen traurigen Augen sah sie zu mir rüber: „Ich war noch draußen, weil ich nicht schlafen konnte. Vorne, an der Westmauer, ist ein Zweibeiner aus den Büschen gekommen. Er trug einen länglichen Kasten aus Metall. An einer Seite war ein Gitter dran, und ich konnte sehen, dass sich da drin was bewegt hat. Ich bin näher rangelaufen, und hab die Feline erkannt. Sie war vollkommen verängstigt und hat um Hilfe gerufen. Dann hat der Zweibeiner mich entdeckt, mich getreten und mit Steinen nach mir geworfen. Da habe ich auch Angst bekommen und bin weggerannt."

„Wie hat er ausgesehen und wo ist er hingegangen?", fragte ich, und Lissi sagte mit weinerlicher Stimme: „Ich mache mir solche Vorwürfe, dass ich davongelaufen bin, vielleicht hätte ich ..." Dann konnte sie nicht mehr sprechen und weinte hemmungslos. Der kleine lange Hund, der wie eine Wurst aussah, ging zu ihr und leckte ihre Schnauze ab.

Einer der größeren Hunde, der mit der schwarzen Fellzeichnung um die Augen, die wie eine Maske aussah, knurrte: „ Jepft hat er die Liffi pfum Weinen gebracht. Feff, foll ich die Katfe mal beiffen?"

Aber Calli bellte: „Lass den Blödsinn, Nimrod. Ewald, was ist mit dir?"

Der Schäferhund, der in anderen Gedanken war, fuhr hoch, nahm militärische Haltung an und stotterte: „Was, ich? Chef, ich kann sie beim besten Willen nicht beißen. Ich hab doch eine Katzenhaarallergie, und wenn ich das Zeug ins Maul kriege, habe ich sofort rote Augen und eine dicke Nase!"

„Die dicke Nase kannst du auch gleich von mir bekommen!", fauchte ich.

Calli schüttelte den Kopf und seufzte: „Ruhe hier. Alle beide. Bin ich denn nur von Blödmännern umgeben? Ich wollte wissen, ob dir was aufgefallen ist, Ewald. Schließlich bist du der einzige von uns, der mal beim Militär war, oder?"

Ewald kratzte sich mit dem rechten Hinterlauf am Ohr und überlegte, dann meinte er: „Nein, mir ist nichts aufgefallen. Aber in den Büschen an der Westmauer war ich schon lange nicht mehr."

Lissi hatte sich wieder so einigermaßen beruhigt. Sie schluchzte noch ein bisschen und sagte: „Der Zweibeiner war nicht besonders groß, auch nicht alt. Er hatte einen großen Hut, dunkle, lange Haare und war in schwarzen Sachen unterwegs, die nach …, ja nach was …, nach Küche rochen. Genau. Nach Küche. Nach ganz viel verschiedenem Essen."

„Sehr gut, und wo ist er mit der Kiste hingegangen, in welche Richtung? Konntest du das noch sehen?"

„Nicht genau", meinte sie, „aber ich glaube, der ist nach Süden gegangen, zu dem langen Steg, der da in den See hinausführt. Mehr habe ich echt nicht gesehen. Es tut mir so leid." Jetzt weinte sie wieder.

Ich sagte: „Da, wo ich herkomme, gibt es viele Katzenfänger. Sie haben Fallen aus Metall, die vorne oder auf der Seite eine Klappe haben. Die kann man hochstellen. In der Falle liegt ein Stück Fisch oder Fleisch. Wie das jetzt genau funktioniert, das weiß ich nicht, aber wenn eine Katze oder ein kleiner Hund da reingeht, und nach dem Köder schnappt, dann fällt die Klappe hinter ihnen zu, und sie sind gefangen. So läuft das."

„Was, die fangen auch kleine Hunde?“, sagte die braune Wurst mit den langen Ohren, dann küsste der kleine Bursche die Lissi: „Dir wird nichts passieren. Hab keine Angst.“

„Wieso fangen die auch Hunde? Hunde sind schließlich keine Katzen, oder?“, fragte der Labrador, und ich antwortete: „Hunden ziehen die genauso das Fell ab wie Katzen. Und aus den Fellen machen sie Kleidung für die Zweibeiner.“

„Wow, das ist ja schrecklich. Was können wir also machen? Da müssen wir ja wohl alle zusammenhalten, oder?“, sagte Calli, der Chef der Truppe.

„Wir bilden Spähtrupps. Immer zwei von euch ziehen los und beobachten alles ganz genau. Wechselt euch ab. Die ersten zwei fangen an, wenn die Sonne aufgeht. Wenn sie ganz oben am Himmel steht, wechseln sie sich mit dem zweiten Trupp ab. Wenn die Schatten länger werden, kommt der Spähtrupp Nummer drei, und wenn es dunkel wird, geht alles wieder von vorne los. Habt ihr das soweit kapiert?“

„Ich laffe mir von einer Katfe nichtf fagen“, maulte der mit der Maske um die Augen, aber Ewald blaffte: „So machen wir das aber, das klingt sehr militärisch. Das hätte ich genauso vorgeschlagen. Aber mich fragt ja wieder mal keiner.“

Ich sah den Schäferhund an und sagte: „Ich würde mich freuen, wenn du die Trupps zusammenstellst und einteilst. Sie sollen dir erzählen, was ihnen aufgefallen ist. Du bist meine Kontaktperson bei euch.“

Dann schaute ich zu Calli rüber: „Chef, ist dir das recht?"

Er nickte bedächtig und meinte: „Und was machst du?"

„Ich gehe jetzt zum Katzenrat, und teile die genauso ein. Ach, und noch was: Solange wir auf der Suche nach Schmutzli und Feline sind, gibt es keinen Streit zwischen uns. Keiner von euch jagt Katzen, und keine von uns ärgert euch. In meiner Heimat nannten das die Zweibeiner im Hafen „Burgfrieden". Ist soweit alles klar?"

Ein großer, braun-weißer Hund, der bis jetzt geschwiegen hatte, sagte mit tiefer Stimme und mit langsamer Betonung: „Ich ka nüüt versteh, warum ich für e Katzevieh das mache sott, oderrr?"

Ich starrte ihn an, und Petro sagte: „Tell, in deinem Hirn sind so viele Luftlöcher wie in eurem berühmten Käse. Du wirst das machen, weil uns die Katzen auch helfen werden, wenn wir mal Stress haben. Una mano lava l'altra, e tutte e due lavano il viso." Sagen die Zweibeiner von Don Luca bei uns in Mondello zu sowas, und hier würde man das so ausdrücken: „Eine Hand wäscht die andere, und alle beide waschen das Gesicht. Klar?"

Calli knurrte: „Gut. Ende der Besprechung. Wir machen das so und basta. Und solange die Sache läuft, gibt es keine Streitereien oder Kämpfe zwischen uns. Kleiner, was ist, wenn deine Strategie nichts bringt?"

„Wenn die nicht funktioniert, dann müssen wir genau das Gegenteil machen. Auch dafür habe ich schon eine Idee. Aber lass uns erstmal schauen, ob wir so was rausfinden.“ Ich schaute den wurstförmigen Hund an und fragte: „Du bist doch der Rambo, oder?“

Er nickte, und ich sagte: „Ich würde vorschlagen, dass du zusammen mit der Lissi um die Wirtshäuser rumstreichst, besonders bei den Türen, die zur Küche führen. Wenn der schwarzgekleidete Zweibeiner nach Essen gerochen hat, dann kann es ja gut sein, dass er in einer der Küchen ist, wo sie das Essen für die vielen Menschen zubereiten, die jeden Tag zu uns auf die Insel kommen, oder?“

„Machen wir. Komm, Lissi, wir gehen schon mal los.“ Zu den Hunden gewandt, sagte er: „Bis später, Jungs. Tut mir einen Gefallen und hört auf den Leo, der weiß, was er sagt.“

Romeo, der Labrador meinte: „Warum redet der so?“ Und Nimrod erwiderte: „Vielleicht ift er mit einer Katfe verwandt. Haft du fon mal feine Papiere gefehen? Ich jedenfallf nicht.“

Calli schüttelte zum wiederholten Mal den Kopf und ging. Ewald schnarrte: „Männer, Kameraden, aufgepasst! Ich gehe die erste Späherrunde, und ich brauche noch einen Freiwilligen, der mit mir kommt.“

Der Sennhund schaute sich um, dann sagte er behäbig: „Na gued. Ich gä mit, oderrr?“ Ewald verdrehte die Augen, stieß einen Seufzer aus und marschierte los.

Petro lief mit mir zum Katzentreff im Klosteranger. Fia, Mina, Ricarda und Jacko warteten schon, und bei ihnen waren noch fünf andere Katzen, die ich aber nicht kannte.

Ich nickte und stellte mich in die Mitte der Gruppe, aber bevor ich zu sprechen anfangen konnte, fauchte Mina: „Was macht der halbe Hund hier? Sag ihm, dass er sich verlaufen hat!"

Petro zeigte seine Zähne und knurrte: „Wenn du jetzt schon wieder mit deinem rassistischen Mist anfängst, Mina, dann kannst du dir gleich eine gemischte Packung von mir abholen!"

Mina fauchte: „Na, dann komm doch her, du Läusetaxi!" Sie machte einen Buckel und stand mit gesträubtem Fell und angelegten Ohren zwischen mir und Petro.

Ich trat ganz dicht an Mina heran, starrte ihr böse in die Augen und zischte: „Was soll das? Zwei von uns sind verschwunden, und du machst hier einen auf Supercat. Ich war gerade bei den Hunden oben und habe mit denen verhandelt, dass sie uns helfen. Warum hast du das denn nicht gemacht, du Großmaul? Hmh? Der Petro hier, der ist erstens mein Freund und zweitens unser Verbindungsmann zu den Hunden. Bis wir die Schmutzli und die Feline gefunden haben, ist Friede auf der Insel. Und wenn dir das nicht passt, dann hau ab, oder, noch besser, biete mir doch Prügel an, und schau, was dann passiert!"

Mina starrte zurück, dann sagte sie missmutig: „Ist ja gut. Aber Hunde haben hier beim Katzenrat nichts zu suchen. Das ist gegen die Vorschriften, oder?"

„Dass zwei von uns entführt und vielleicht schon tot sind, das ist aber auch gegen die Vorschriften, oder etwa nicht?"

„So, jetzt ist Schicht, Leute. Was läuft hier ab?" Aus dem Busch hinter mir kam ein ziemlich kräftiger, älterer Kater. Ein Maine Coon, das wußte ich genau, denn so ein Exemplar kannte ich in Mondello. Der hier bewegte sich zwar langsam, aber er sah ziemlich gefährlich aus. Um die Nase und über den Augen hatte er viele Narben, das linke Ohr war zerfranst, und das linke Lid hing halb über dem goldbraun-glänzenden Auge, was ihm einen schläfrigen Ausdruck verlieh.

Aber ich wußte sofort, mit dem Kerl hier sollte man lieber keine Späßchen machen. Er blieb neben mir stehen und schaute mich von oben bis unten an: „Ich weiß, wer du bist. Willkommen auf meiner Insel. Unsere Fia hier hat mir viel von dir erzählt, und die kleine Ricarda hast du ja verhext, glaube ich."

Jacko murrte, und der schwarz-graue Riese sagte: „Halt die Schnauze, sonst lasse ich dich auf den Vorderbeinen zehn Mal um die Insel laufen, klar?"

Jacko starrte beleidigt in die Luft, und Fia sagte: „Leonardo, das hier ist der Bischof. So nennen wir ihn, weil er im Kloster lebt und so gut wie nie rauskommt. Der Bischof ist die letzte Instanz, wenn es Streit oder Revierkämpfe gibt, oder was auch immer." Und zu dem Schwarzgrauen sagte sie: „Wie geht es dir, wir haben dich lange nicht gesehen?"

Der Bischof schaute in die Runde und erhob die Stimme: „Ich bin schon seit einiger Zeit im Busch und habe euch zugehört. Hier ist mein Entschluss: Ihr alle macht, was Leonardo vorschlägt. Es scheint mir vernünftig, in dieser Sache mit den Hunden zusammenzuarbeiten. Wir können in dieser Sache jede Hilfe brauchen, die wir kriegen. In dieser Runde sind zwei Hitzköpfe, denen ich hiermit befehle, alles zu tun, um unsere beiden Schwestern zu finden und heil zurückzubringen. Alle persönlichen Streitereien ruhen, bis das hier geklärt ist. Leonardo, du wirst mir jeden Tag, kurz nachdem die Sonne untergegangen ist, Bericht erstatten. Fia zeigt dir, wie du zu mir kommst. Das wars. Ich habe gesprochen."

Er drehte sich um und verschwand zwischen den halbhohen Büschen. Wir schauten uns an, und Petro sagte: „Wow, und ich habe immer gedacht, der Bursche ist nur ein Gerücht, den gibt es gar nicht wirklich."

Fia schaute mich an und fragte: „Wie fangen wir an?"

„Ok, wir machen es so, wie ich es oben bei den Hunden auch vorgeschlagen habe. Immer zwei von euch gehen auf Streife. Es ist wichtig, dass ihr zu zweit seid. Zwei auf einmal kann man schlecht fangen, und ich weiß, wovon ich rede. Ihr kennt euch seit langer Zeit, also teilt euch selber ein. Achtung: irgendwo an der westlichen Klostermauer war eine Katzenfalle. Die Dinger kann ein Zweibeiner gut tragen, das heißt, die Falle kann jetzt überall stehen. Es können auch mehrere Fallen aufgestellt sein. Misstraut allem, was ihr nicht kennt. Wir suchen nach einer Kiste aus Metall, die länglich ist und vorne oder an der Seite eine Gitterklappe hat, die offensteht. In der Kiste liegt wahrscheinlich ein Stück Fisch, oder Fleisch, oder eine Wurst, was weiß ich, das ist jedenfalls der Köder, den dürft ihr auf keinen Fall berühren. Noch Fragen?“

Eine der Katzen, die ich nicht kannte sagte: „Was ist mit Pommes? Ich mag rasend gerne Pommes!“ Ich verdrehte die Augen und sagte: „Gut, das wars dann. Petro geht mit mir die erste Runde, und wir marschieren jetzt nach Norden. Alles klar?“

Die Katzen nickten der Reihe nach, ich rief: „Wir tun das für unsere Artgenossen. Los jetzt! Viel Glück und machts gut!“

„Erzähl mir was über den Bischof“, sagte ich zu Petro, während wir nebeneinander nach Osten gingen. Am größten Steg der Insel hatte eins der weißen Schiffe mit vielen Zweibeinern drauf festgemacht. Zwei Klappen senkten sich auf den Steg, und

Besucher der unterschiedlichsten Art strömten auf unsere Insel.

Petro überlegte und meinte: „Dazu kann ich wenig sagen. Der Bischof ist bestimmt schon fünfzehn oder mehr Winter im Kloster. Ich hab ja immer geglaubt, den gibt es gar nicht. Angeblich streift er in Vollmondnächten über die Insel. Die anderen Hunde reden voller Respekt von ihm, sogar Calli, der sich normalerweise mit jedem anlegt, der Ärger haben will."

Wir gingen am Seglersteg vorbei und kontrollierten die Büsche an der Westmauer des Klosters. Bei der Torhalle kamen uns Ewald und Tell entgegen. Ewald sagte zu Petro: „Hey, wollen wir Partnertausch machen? Ich geh mit der Katze weiter, und du nimmst dafür den Tell, ja?" Petro schüttelte nur stumm den Kopf, und Ewald rief uns nach: „Ich grab dir auch einen schönen Knochen aus. Überleg dir das nochmal!"

Tell maulte: „Jetz wart e bitzeli, du Bünzli, de Dütsche muesse alleweil vörig chrampfe, oderrr?" Und uns rief er zu: „Uf Wiederluege, oderrr?"

„Was ist das nur für ein merkwürdiger Dialekt", sagte ich zu Petro, und er erwiderte: „Die Zweibeiner aus seinem Land, die reden genauso. Manchmal kommen welche mit den Schiffen hierher, und dann freut sich der Tell immer wie verrückt, wenn er diese Sprache hört."

Hinter dem Platz, an dem die kleinen Zweibeiner gerne spielen, lag Romeo, der Labrador zwischen den Büschen auf dem Rücken. Alle Viere in die Luft gestreckt, schnarchte er leise vor sich hin. Als er uns kommen hörte, öffnete er träge ein Auge und rollte sich auf die Seite. „Keine besonderen Vorkommnisse“, sagte er, und Petro meinte kopfschüttelnd: „Was genau machst du hier?“

Romeo antwortete: „Nichts, warum?“ Und Petro sagte: „Gibts was zu berichten?“ Romeo schaute in die Luft und erwiderte: „Nö. Keiner hat versucht, mich zu fangen.“

Wir nickten und gingen weiter. Plötzlich kam mir ein Gedanke, und ich blieb stehen: „Petro, mein Freund. Überleg doch mal, wie ist das bei uns in Mondello abgelaufen, wenn die Katzenfänger unterwegs waren?“

Er schaute mich fragend an, und ich redete weiter: „Ich meine jetzt nicht die in den gelben Autos, die immer dann kamen, kurz bevor die vielen blassen Zweibeiner aus den fremden Ländern bei uns aufgetaucht sind. Da ging es nur drum, so viele von uns von der Straße zu fangen, wie nur irgend möglich war. Und die, die gefangen wurden, die haben wir nie wiedergesehen. Das haben die alten Katzen gewusst, und sie haben auch uns junge und euch Hunde gewarnt. Und umgekehrt, wenn einer von den Hunden die gelben Blechkisten gesehen hat, dann wussten es innerhalb kurzer Zeit alle. Nein, ich meine die Zweibeiner, die nachts unterwegs waren, mit Schlingen und Kistenfallen, mit Rohren, aus denen sie ihre giftigen Pfeile auf uns geschleudert haben. Oder diese Dinger, wie hießen die gleich wieder? Du weißt schon, die dehnbaren Bänder, mit denen sie kleine runde Kugeln verschossen haben?"

Er nickte, schaute mich fragend an und meinte dann: „Ich glaube, ich weiß, was du sagen willst. Sprich weiter!"

„Klar", sagte ich, „die sind immer spät in der Nacht gekommen, wenn der Mond schon sehr hoch war. Wenn die Sonne oben am Himmel stand, so wie jetzt, da hast du keinen von denen gesehen, oder?"

„Und du meinst ...?" fragte er, und ich nickte: „Genau das. Wir können das ganze Herumlaufen während der Sonnenstunden vergessen. Der, den wir suchen, der kommt, wenn er den Mantel der Dunkelheit anziehen kann. Gehen wir zu unseren Zweibeinern."

Petro nickte, und wir marschierten nach Westen. „Was meinten die anderen mit dem Wort ‚Herbststürme'? Was ist das?"

Petro setzte sich in das weiche, grüne Gras und schaute zum Himmel. „Das wirst du bald erleben", sagte er, „Noch ein paar Nächte, und die ersten von denen sind hier. Ich glaube, dass der Himmel irgendwann wütend auf die Zweibeiner wird. Oder auf uns, so genau kann das keiner sagen. Aber wenn es soweit ist, dann sammeln sich Wind und Wolken und Blitz und Donner hinter den Bergen. Sie erzählen sich, was sie mit uns und den Menschenwesen erlebt haben, und was sie dabei besonders geärgert hat. Und wenn der Zorn zu groß wird, dann tun sie sich zusammen und kommen über uns. Der Wind reißt Bäume aus, und nimmt die Dächer von den Häusern der Zweibeiner mit, damit uns die Sterne besser sehen können. Das Wasser im See steht auf und verprügelt die Boote, und die Blitze leuchten dem Wasser und dem Wind den Weg. Dann kommen die zornigen Tropfen von oben, und die Götter werfen mit Bäumen und Sträuchern. Das geht so lange, bis alle erschöpft sind und sich wieder hinter die großen Berge zurückziehen. Das alles passiert in der Zeit, bevor die große Kälte kommt. Denn damit bestraft uns die Sonne."

„Warum hatten wir sowas nie in Mondello?", fragte ich, und Petro sagte: „Bei uns war das Meer so mächtig in seinem Zorn, dass es die Hilfe der anderen nicht brauchte."

Ich nickte und ging in mein Haus. Petro rief mir nach: „Vergiss nicht, dass du zum Bischof gehen musst, bevor der Mond auf seinem Weg durch die Nacht ist!"

Ich stellte den Schwanz auf, und Petro knurrte draußen, auf dem Uferweg, einen Zweibeiner an, der beinahe auf ihn getreten wäre.

Jetzt ist es schon wieder passiert

Die nächsten Tage und Nächte vergingen, und wir fanden keine Spur von dem Katzenfänger. Die Sonne zog ihre Bahn über den Himmel, und der Mond folgte ihr viel später hinterher. Petro meinte, dass der Mond vielleicht in die Sonne verliebt sei, weil er ihr immer nachstellte. Er sagte, dass das für ihn ganz klar sei, denn in manchen Nächten sah man den Mond glücklich strahlen, und in anderen wiederum verbarg er traurig sein Gesicht und schlich dunkelgekleidet zwischen den Sternen dahin.

Die Hunde und die Katzen liefen unermüdlich über die Insel, und ich lag nachts auf einem der Bäume am Uferweg, gegenüber dem Kirchturm. Niemand von uns hatte eine Falle entdeckt und auch keinen Zweibeiner gesehen, der der Beschreibung entsprach.

Den Bischof traf ich regelmäßig auf dem Klosterfriedhof an. Dort saß er nach Sonnenuntergag immer an einem bestimmten Grab. Auf dem grauen, bemoosten Stein stand ein Name, der aber halb von Efeu überwachsen war. Auch ein kleines, ovales Bild war zu sehen. Aber es war von vielen Sommern und Wintern verblasst, und das Gesicht hinter der Glasscheibe konnte man nur erahnen. Auf die Grabumrandung hatte jemand eine Laterne gestellt, und manchmal brannte darin eine Kerze. Das flackernde Licht spiegelte sich dann in den goldbraunen Augen des Bischofs.

So saß er da, stundenlang, und ich konnte ihn von meinem Baum aus sehen. Manchmal holte er tief Luft und schien zu seufzen, oder es bewegte sich sein Mund- so, als ob er mit jemandem da unten in der dunklen Erde reden würde.

Wenn ich zu ihm ging und vom Tage berichtete, schaute er mich oftmals nicht an, sondern starrte auf das Grab. Wenn ich alles berichtet hatte, was zu sagen war, nickte er meist nur mit dem Kopf und ich ging wieder.

Die Stürme hatten ihren Spaß an der Insel verloren, und die Tage und Nächte wurden anders. Die Sonne war wie immer am Himmel, aber sie wollte nicht viel von ihrer Wärme abgeben, und die Nächte wurden so kalt, wie ich es noch nie erlebt hatte.

In einer dieser Nächte sagte der Bischof, ohne mich anzusehen: „Jetzt kommt bald der Winter."

Ich war überrascht, denn er hatte hier am Grab noch nie zuvor mit mir geredet, also nickte ich nur mit dem Kopf. Er sprach weiter: „Da, wo ich herkomme, hatten wir mächtige und harte Winter. Der Schnee deckte unser kleines Dorf zu bis zu den Dächern. Die Zweibeiner konnten oft einige Tage und Nächte nicht aus ihren Häusern gehen. Der Winter ist ein Mörder und Seelenräuber. Nimm dich in acht vor ihm." Dann ging er ohne ein weiteres Wort weg und ließ mich vor der nervös flackernden Kerze am Grabrand zurück.

Später, im Haus, erzählte ich Petro davon, und der meinte, er hätte ja schon einige Winter hier auf der Insel erlebt, aber umgebracht hätte der Schnee seines Wissens hier noch keinen.

„Weißt du“, sagte er, „es ist sogar ziemlich lustig, wenn es richtig kalt ist, und der See seine harte Haut bekommt. Dann können wir über seinen Rücken laufen, bis zu der kleinen Insel hinüber. Ein paar von den größeren Hunden waren sogar schon auf der großen Insel, wo das Märchenschloß steht. Ich war da noch nie. Aber auf der kleinen Insel kenne ich mich ganz gut aus. Wenn du magst, gehe ich mit dir rüber, wenn es soweit ist.“

„Wie sieht es denn aus da drüben?“, fragte ich, und er erwiderte: „Na ja, da stehen ein paar Hütten. Nicht viele, vielleicht soviele, wie du Krallen an den Vorderpfoten hast. In der Mitte der Insel ist eine schöne Wiese, und an den Ufern stehen große Bäume. Zweibeiner sind da nur ganz selten, man kann sich also richtig austoben und ganz toll spielen, da drüben.“

Am nächsten Tag ging ich wie immer zum Katzentreff, aber es waren nur vier oder fünf Katzen da, die ich aber nicht näher kannte. Sie interessierten sich auch nicht für meine Fragen, sondern waren ziemlich aufgeregt, weil eine von ihnen rausgefunden hatte, wie die Zweibeinerinnen schwanger werden.

„Stell dir nur vor, wie einfach es die Menschenwesen doch haben“, sagte Rapunzel, eine sehr schöne, aber anscheinend ziemlich doofe Abessinier-Katze:

„Es ist bei denen immer das Gleiche. Erst lügen sie sich gegenseitig so lange an, bis sie sich mögen, dann machen sie das, was sie Heiraten nennen. Dann geht die Zweibeinerin irgendwann mit einem kleinen und schmalen Streifen in der Hand in den Raum, in dem sie ihre Geschäfte macht. Da drinnen pieselt sie ein bisschen auf den Streifen, hält ihn vor ihr Gesicht und beschwört ihn mit einem Gemurmel, einem Zauberspruch, glaube ich. Dann bekommt der Streifen plötzlich eine andere Farbe, und sie schreit los: „Verdammt, ich bin schwanger". Man hat aber nicht das Gefühl, dass sie sich da jetzt besonders drüber freut, und der Zweibeiner draußen auch nicht.

Denn der sagt: „Bist du sicher?" Und dann murmelt er auch was Unverständliches und holt sich aus dem brummenden Schrank was zu Trinken. So geht das bei denen. Ich habs nämlich genau gesehen, weil sie mich immer in den kleinen Raum mit reinläßt."

„Ehrlich? Echt jetzt?", fragte eine wunderschön getupfte Ocicat, die „Banana Split" hieß, mir aber auch nicht besonders helle in der Birne vorkam.

„Wenn ich denke, was das bei uns für ein Theater ist, da haben es die Zweibeiner echt gut, oder? Also, ich finde, dass es da ganz schön ungerecht zugeht."

Ich schüttelte nur den Kopf und dachte, bei uns in Mondello würden die hier alle nicht besonders alt werden. Das Wesen neben mir, eine ebenfalls sehr hübsche Perser-Mischung namens „Cloodia" verzog missmutig das schöne Näschen und sagte in spitzem Ton zu mir: „Wenn sich Damen unterhalten, haben Machos hier nichts zu suchen. Und ausländische schon gleich gar nicht! Troll dich, Spaghetti, sonst sage ich dem Jacko, er soll dir einen Undercut verpassen."

Nachmittags ging ich meist zu den Hunden, die sich auf der Wiese im Norden trafen. Auch da gab es nichts Neues. Jetzt muss ich sagen, dass das Interesse an den beiden Verschwundenen ziemlich nachgelassen hatte. Es waren zwar noch viele Streifen unterwegs, aber es ging mehr um Themen wie Futter, gemütliche Plätze zum Schlafen und zum Spielen und den üblichen Inseltratsch.

Jackos erste Frage war meist: „Was hast du heute schon gegessen?" Meine Antwort darauf wollte er aber garnicht erst hören, sondern legte gleich los. Etwa so: „Also, ich hab heute oben am Nordsteg angefangen. Da lag ein zertretener Becher mit Joghurt. In dem war noch gut die Hälfte drin. Sehr süß, mit roten Früchten. Toll. Dann habe ich hinter dem ‚Inselbräu' ein gebratenes Hühnerbein gefunden. Da war die ganze knusprige Haut noch dran. Und zwei Käfer, die hab ich gleich mitgeschluckt. Dann bin ich nach Süden, zum ehemaligen ‚Cafe Gini' gelaufen, da lagen Holzstücke mit kaltem, süßen Zeugs drauf, das die Zweibeiner ‚Eis' nennen. So, und jetzt gehe ich rüber zum ‚Inselwirt'. Vielleicht finde ich da ein bisschen Kuchen oder sowas. Kommst du mit?"

Ich fragte Ihn: „Sag mal, kriegst du daheim eigentlich nichts zu futtern?“ Und er meinte: „Schon, aber nicht so ausgewogen.“

So ging das viele Sonnenuntergänge lang. Ich träumte nachts auch nicht mehr so oft von meiner Mutter. Und wenn doch, dann war es immer ein ganz eigenartiger Traum: Wir flogen über den See und die Inseln, aber meine Mutter war weit über mir, und ich konnte sie nicht erreichen. Sie schaute zu mir herunter, und immer, wenn wir über die kleine Insel flogen, die gleich südlich vom Seglersteg liegt, dann deutete sie mit einer Pfote und sagte was, aber ich konnte ihre Worte nicht verstehen, so sehr ich mich auch bemühte. Dabei wollte ich sie so viel fragen, denn ich war mir sicher, dass sie wusste, was mit den beiden verschwundenen Katzen geschehen war.

Eines Tages wachte ich auf, und hörte die Geräusche von draußen merkwürdig gedämpft, wie unter einer Decke. Und das, was vor den Fenstern vom Himmel fiel, war auch kein Regen, denn es kam langsam und verspielt zu uns runter, und es war weiß. Ich schaute zu Petro, der schlafend auf dem Rücken lag, die Beine in der Luft hatte, und leise knurrte.

Seit einiger Zeit hatten wir auch das, was die Zweibeiner eine „Katzenklappe“ nennen. Ich fand das toll, denn nun konnte ich endlich raus und rein, wie ich wollte. Unsere Zweibeiner schliefen auch noch, und ich konnte Peter im Nebenzimmer schnarchen hören. Der Peter hatte gestern ein Fest, weil er „Geburtstag“ hatte, was immer das sein mag. Von Emma bekam er ein rundes, gebackenes Stück mit vielen Kerzen drauf. Die haben ihm aber nicht gefallen, denn er blies sie alle auf einen Sitz aus und sagte: „Je älter ich werde, desto mehr ähnelt meine Geburtstagtorte einem Pygmäen-Fackelzug.“

Emma lachte, ich verstand aber nicht, um was es ging. Petro und ich bekamen später was von dem süßen Gebackenen, mit etwas obendrauf, das wie feste Milch aussah und einfach himmlisch zuckersüß schmeckte.

Später aßen die beiden noch Brot mit etwas Schwarzem drauf, das in einem sehr kleinen Glas war. „Fische legen Eier, und die russischen sogar Kaviar“, sagte Peter, und beide lachten wieder und tranken perlendes Wasser aus hohen, dünnen Gläsern.

„Haben wir eigentlich auch mal Geburtstag?“, fragte ich Petro, und er sagte nach kurzem Überlegen: „Nein. Weil keiner weiß, wann wir geboren sind. Das ist für uns ja auch nicht wichtig. Aber die Zweibeiner merken sich sowas.“

„Warum?“

„Na, damit sie dieses süße Teil mit den Lichtern und der festen Milch obendrauf bekommen, das ist doch klar, oder fällt dir dazu was Besseres ein? Also, manchmal fragst du mich schon einen ziemlichen Blödsinn, ehrlich.“

Er schüttelte den Kopf, während ich noch lange über das nachdachte, was ich da gesehen hatte. Das viele perlende Wasser machte unsere Zweibeiner offenbar nervös, denn die beiden gingen kichernd in ihren Raum, und wir hörten noch lange ganz merkwürdige Geräusche, bevor sie endlich einschliefen.

Am nächsten Morgen streifte ich meine Gedanken an die Nacht ab, schlich leise aus dem Korb und ging nach draußen. Das, was da vom Himmel fiel, hatte ich in meinen Träumen mit Mama schon gesehen, aber es war nie so zum Greifen nahe. Ich schlug mit den Pfoten nach den kleinen, weißen Dingern, konnte auch einige einfangen, aber sie wurden auf meinem Fell schnell zu Wasser. Ich leckte mich seitlich ab, und der Geschmack war wie immer. Merkwürdig. Die Wiese und der Uferweg waren weiß, und meine Pfoten wurden schnell kalt. Hinter mir sah ich meine Spuren in der weißen Pracht, und ich rannte zurück zum Haus. Petro lag noch im Korb und schaute mich träge an. Ich rief: „Komm raus, das musst du sehen!"

Er grinste nur müde: „Ich hab das schon so oft gesehen, aber für einen Makkaroni wie dich ist das jetzt natürlich neu. Beruhige dich, Leo, das weiße Zeug wird jetzt für eine lange Zeit da draußen sein."

Ich rannte selig durch die weiße Wunderwelt und versuchte, möglichst viele von den kleinen Flocken zu fangen, aber kaum hatte ich sie, schmolzen sie auch schon wieder weg.

Auf dem Uferweg fuhr ein merkwürdiges Rollding, auf dem saß ein Mensch, der so dick vermummt war, dass man sein Gesicht fast nicht sehen konnte. Aber sein kleiner Blechkasten schob unter viel Lärmaufwand die weiße Decke vom Uferweg. Ich rannte nach Süden, zu meinem Baum gegenüber dem Gräberfeld.

Der Baumstamm war kalt, zum Teil rutschig, und ich musste meinen Ast erst ein bisschen reinigen, bevor ich mich hinlegen konnte. Die Äste und Zweige über meinem Kopf knarzten und stöhnten unter der Last der weißen Flockenpracht, die sich auf ihnen ausruhte.

Drüben, auf dem mattweiß schimmernden Friedhof sah ich eine kleine Gestalt vor einem Grab sitzen. Ich erkannte ihn nicht sogleich, weil sein Rücken und sein Kopf ebenfalls von den weißen Flocken bedeckt waren, und er aussah, als würde er eine Mütze und einen kurzen Umhang tragen.

Vorsichtig kletterte ich wieder vom Baum und lief zum Bischof hinüber. Er schaute mich nur kurz an und nickte. Ein bisschen was von seiner weißen Mütze bröckelte ab und fiel ihm vor die Pfoten. Ihn schien das nicht zu stören, denn er saß da und starrte auf das Grab. „Wenn sie mich doch endlich holen würde", sagte er, ohne mich anzusehen.

„Wohin?", fragte ich, und er meinte seufzend: „Dahin, wo sie seit vielen Wintern und Sommern ist. Wir haben so viele Dinge zusammen erlebt, haben viele Flüsse und Berge und Täler gemeinsam durchwandert. Aber auf diesen letzten Weg, auf den ist sie alleine vorgegangen, und das verstehe ich einfach nicht. Weißt du, wir haben uns alles anvertraut. Von dem hier hat sie mir aber nie was gesagt. Und verabschiedet hat sie sich auch nicht von mir."

Ich erzählte ihm von meiner Mutter, und dass ich oft von ihr träumte, und wie schön diese Träume manchmal waren. Und, dass ich die letzten Träume nicht verstand, und sie auch nicht deuten konnte. „Träumst du nie von ..., ich meine ..., von deinem Menschen?"

Er schüttelte langsam und unendlich traurig den Kopf. Dann holte er tief Luft und sagte: „Ich träume nie. Ich habe so viele schlimme Dinge erlebt, dass meine Erinnerungen geflohen sind, und meine Träume haben sie wohl auch gleich mitgenommen, glaube ich. Das ist auch besser so. Aber ich weiß, dass manche von uns und auch viele von den Menschenwesen solche Träume haben. Die frommen Frauen reden über vieles, auch über ihre Träume. Und eine hat mal zu meiner Zweibeinerin gesagt, dass es sowas wie eine Zwischenwelt gibt, in der sich alle diese Wesen aufhalten, die zwar tot sind, aber die hier in diesem Leben noch viel machen wollten. Und weil sie es nicht mehr vollbringen konnten, versuchen sie, über unsere Träume mit uns in Kontakt zu kommen und uns was zu sagen. Oder uns vor einem Unglück zu warnen. Ich habe das nie ganz verstanden, aber ich weiß, dass es viel gibt um uns herum."

Er schaute mich traurig an und sprach weiter: „Schau, da unten liegt mein Lebensmensch. Sie war meine Sonne, mein Mond und mein Licht. Und jetzt ist es da, wo sie liegt, kalt und dunkel. Ich komme jeden Tag hierher und spreche zu ihr. Weil ich bei ihr sein möchte. Wenn sie friert, will ich auch frieren, und wenn sie glücklich ist, da wo sie ist, dann will ich das auch sein. Aber wenn sie leidet, will ich auch leiden. Sie soll mich endlich zu sich holen, verstehst du das?"

Ich schüttelte den Kopf, er seufzte wieder und sagte: „Ich habe Leben gegeben und genommen, Kleiner. Wenn es stimmt, dass wir Katzen neun von diesen Leben auf dieser eigenartigen Kugel haben, die die Menschen „Erde" nennen, dann bin ich da schon weit drüber. Mein Leben war hart, aber schön, Leonardo. Und solange sie noch bei mir war, hat die Härte keine Rolle gespielt, denn sie hat mich verstanden, und ich sie."

„Wer war sie? Möchtest du mir das erzählen?"

Der Bischof schaute auf das halbverschneite, blasse Bild auf dem Grabstein, wie wenn er um Erlaubnis fragen würde, dann sagte er: „Wir kommen beide aus einem Land, das die Zweibeiner ‚Südtirol' nennen. Dort haben wir gelebt, in einem kleinen Dorf mit nur ein paar Häusern, ein paar Kühen und Schafen, zwei Hunden und drei Katzen. In einer Schlucht, in die im Sommer die Sonne nicht so recht hinwollte, aber in der der Winter seine rauen Späße ausleben konnte. Es war nicht viel, über das wir lachen konnten, aber es war schön. Und manchmal auch sehr grausam. In einer bitterkalten Winternacht haben Füchse meine drei kleinen Kätzchen geholt. Meine Gefährtin ist später den Spuren nachgelaufen und hat den Bau gefunden. Vor dem Loch im steinhart gefrorenen Boden habe ich sie am nächsten Tag aus dem Schnee gegraben. Sie war kalt und steif wie ein Baum."

Er senkte den Kopf und schien in einer anderen Welt zu sein. Dann ging ein Ruck durch ihn und er sprach weiter: „Ich habe in der Nähe des Baus gewartet, bis die Füchse rauskamen. Zwei böse kalte Nächte und einen zu Eis erstarrten Tag lang. Dann kamen sie endlich. Es waren zwei. Ich habe sie getötet. Na ja, sie mich beinahe auch, denn das, was von mir nach dem Kampf noch übrig war, hat sie", damit deutete er mit dem Kopf auf die Grabstelle „wieder zusammengenäht.

Im Frühjahr darauf wollte sie mit einem Zweibeiner aus einem anderen Dorf zusammensein. Das wollten ihre Eltern aber nicht. Ihr Vater hat sie fürchterlich geschlagen und dann eingesperrt, aber sie ist nachts vom Hof geflohen. Sie wollte mich nicht mitnehmen, aber ich bin solange hinter ihr hergelaufen, bis sie mich in ihren Korb gelegt hat, den sie auf dem Rücken hatte. Wir waren viele Tage und Nächte unterwegs und sind nach vielen Ereignissen hier gelandet. Sie hat zuerst in der Küche der frommen Frauen gearbeitet. Sie waren sehr gut zu ihr, und zu mir auch. Dann durfte sie nach ein paar Jahren das heilige schwarze Kleid anziehen und war mit ihrem Gott verheiratet. Mich hat er ebenfalls akzeptiert, und dafür danke ich ihm ja auch. Aber warum hat er sie mir genommen? Sie hätte auch hier noch viel für ihn tun können, was meinst du?"

„Meine Mutter hat er auch", sagte ich, „und irgendwann werden wir beide verstehen, warum das so ist, wie es ist. Warum nennen sie dich hier den Bischof?"

Er lächelte, und ich konnte nicht glauben, wie dieses Lächeln das vernarbte Gesicht des alten Katers verzauberte: „Ich heiße eigentlich Luis. Schau mich jetzt nicht so an, ich weiß genau, dass ich nicht wie ein Luis aussehe. Ich heiße aber so, weil es bei uns im Grödnertal einen verrückten Zweibeiner gab, der auf alle Berge gestiegen ist, die es gibt. Und ich bin in meinen jungen Jahren auch überall hochgeklettert, wohin man nur klettern konnte."

Er seufzte tief: „Wir haben auch eine eigene Sprache dort, wo wir beide herkommen, das Ladinische. Und wenn sie", wieder nickte er zum Grab hin, „wenn sie in dieser Sprache die alten Lieder gesungen hat, dann haben die anderen schwarzgekleideten Bräute des Herrn immer geweint oder gelacht, je nachdem. Aber was wollte ich eigentlich sagen? Ach so, ja: Den Bischof nennen sie mich, seitdem ich jeden Tag und viele Nächte hier sitze. Mir ist es egal, und die Zweibeiner mögen mich, und die Hunde und Katzen respektieren mich. Ich gebe dir jetzt einen Rat, Kleiner, weil ich merke, dass die anderen hier nicht mehr so auf der Suche nach unseren verschwundenen Schwestern sind: Mach weiter, denn nur, wenn du für jeden einzelnen da bist, dann hören irgendwann alle auf dich und folgen dir. Du bist ein Führer, das merke ich. Aber du musst noch viel lernen. Und noch was verrate ich dir jetzt: Ich glaube, ich weiß, wo die beiden Verschwundenen sind, oder besser gesagt, wo man sie hingebracht hat. Die frommen Schwestern haben sich nämlich heute früh darüber unterhalten, und eine hat was mitbekommen."

„Waaas?" Ich war plötzlich hellwach und wie elektrisiert. „Wo sind sie? Leben sie noch?"

Er schüttelte den Kopf: „Keine Ahnung. Ich habe es doch selbst erst heute früh in der Küche gehört, hörst du mir eigentlich nicht richtig zu? Da, in der Küche, steht mein Futternapf, und in dem kleinen Raum daneben schlafe ich."

„Was hast du gehört?"

Er atmete wieder tief ein, hielt kurz die Luft an und stieß sie dann schnell aus: „Zwei von den frommen Frauen fahren mit einem Boot ab und zu auf die kleine Insel hinüber. Krautinsel nennen sie die, weil sie da im Sommer Sachen anbauen, die sie dann essen. Und in einem der Holzhäuser dort haben sie wohl irgendwas eingelagert, das sie im Winter essen. Ich habe keine Vorstellung, was das ist. Auf jeden Fall hörte ich, wie die eine zu der anderen sagte, dass sie ein klägliches Miauen oder Wimmern aus einer der Holzhütten gehört hat. Das muss aus einer der Hütten im Süden der Insel gekommen sein, meinte sie. Sie stehen unter Bäumen und ganz nahe am Wasser. Und von da, aus der Richtung, hat sie wohl diese Jammergeräusche gehört. Sie hat sich aber nichts dabei gedacht, sagte sie. Denn es kommt ja öfter mal vor, dass einer der Fischer seine Katze oder einen Hund mit auf dem Boot hat, und wenn der zu seiner Hütte auf der kleinen Insel geht, dann ist sein Tier dabei. Aber sie sagte auch, dass eigenartigerweise weit und breit kein Boot zu sehen war, und auch kein Menschenwesen. Jetzt musst du wissen, dass die beiden Holzhäuser der frommen Frauen auf der Nordseite der kleinen Insel liegen. Also hatte sie auch keinen Grund, über die Insel zu laufen und nachzusehen. Aber je länger ich darüber nachdenke, desto logischer erscheint es mir, dass unsere beiden Schwestern da drüben gefangengehalten werden."

Ich zitterte vor Aufregung und sagte: „Wir müssen da rüber und sie befreien. Wie kommen wir schnell auf die Insel?"

Ein schiefes Lächeln grub sich in sein Gesicht, und mit einer Pfote wischte er etwas Schnee von der kleinen Laterne vor sich, dann meinte er: „Leonardo, du bist ein kluger und mutiger Bursche. Ich kenne deine Geschichte und ich bewundere dich, weil du so bist, wie ich früher war. Dein Hundekumpel Petro, der elende Giftzwerg, der hat mir die Geschichte deiner Mutter erzählt, und wie du sie gerächt hast. Und die Geschichte mit dem Boxerhund kenne ich auch. Du wirst der nächste König der Insel sein, das ist klar. Aber halte deinen jugendlichen Übermut zurück. Rache ist ein Gericht, das man kalt isst, mein kleiner Freund. Pass auf, wenn wir jetzt allen Bescheid geben, dann wird Folgendes passieren: Die Hunde machen einen Alleingang, schwimmen zur Insel rüber und versuchen, unsere beiden Schwestern da rauszuholen. Wenn sie denn da drüben sind, das mal vorausgesetzt, ok?"

Ich nickte.

„Gut. Dann ist ja soweit alles klar, ja? Aber, und das kannst du mir glauben, die werden das vermasseln. Erstens, weil die keinen Führer haben, der klug denken kann. Und zweitens, weil denen, genau genommen, die beiden Katzen ziemlich egal sind. Denen geht es um die Aktion, und dass sie dann als Helden dastehen. Und wenn unsere beiden Schwestern dabei draufgehen? Na ja, Pech gehabt. So ist das nun mal bei einer Befreiung. Also, streng deinen Kopf an. Was machen wir?"

„Was?" fragte ich und überlegte kurz, während der Bischof prüfend in die Wolken schaute. Dann sagte ich: „Wir können nicht schwimmen. Also müssen wir warten, bis der See seine dicke, harte Haut hat. Dann laufen wir rüber und holen sie raus. Das denke ich und so machen wir es auch. Oder?"

Ich schaute den Bischof an, denn Zweifel hatte ich schon an meinem kühnen Plan. Aber der alte Kater nickte bedächtig und fragte: „Mit wem willst du da rübergehen, und wie wirst du die beiden aus der Hütte holen?"

Ich kratzte mich am Ohr und meinte: „Ich nehme den Jacko mit, der ist zwar doof, aber stark und mutig. Und er wird um sein und unser aller Leben kämpfen, weil er mir das schuldig ist. Dann den Petro. Der ist dummerweise ein Hund und keine Katze, aber er kommt aus meinem Land und weiß, was ich machen werde, denn er würde genauso vorgehen. Dem brauche ich nichts zu erzählen, der hält mir den Rücken frei. So wird es gehen, und das reicht auch. Genau, so mache ich es!"

Der Bischof schaute mir voll in die Augen und sagte: „Du hast mich vergessen, Kleiner. Ich gehe nämlich auch mit, ob es dir passt oder nicht. Erstens, weil ich weiß, wann die Haut des Sees hart genug ist, dass wir darauf gehen können. Zweitens, weil ich den Weg vom Seglersteg hinüber zur Insel ganz genau kenne und ihr nicht. Denn selbst, wenn der See hart ist, sind da immer noch Stellen, an denen seine Haut gefährlich dünn ist. Und wenn man da einbricht, zieht einen das Wasser unter die harte Oberfläche in die Tiefe, und man ertrinkt jämmerlich. Und drittens, weil, wenn ich nicht mitkommen darf, ich die ganze Sache vorab den Hunden erzählen werde. Und die hauen das Ganze in den Sack. Also, steht der Deal?"

Ich starrte ihm in die Augen und fauchte „Willst du mich jetzt erpressen, alter Mann?"

Und er sagte: „Ja, genau das will ich! Und wenn dir das nicht passt, dann mach doch was dagegen, Kleiner."

Dann drehte er sich um und ging weg.

Während ich noch am Grab saß, in das flackernde Kerzenlicht vor mir schaute und nachdachte, kam ein braungekleideter, avocadoförmiger Mensch mit ungesunder Haut und Tränensäcken wie ein Bluthund ans Nachbargrab.

Er atmete röchelnd, und es klang, als würde jemand einen Schuh aus dem Schlamm ziehen. Ich schaute ihn mir genauer an. Er sah zwar nicht sonderlich krank aus, aber das hieß ja bloß, dass er auch nicht sonderlich gesund war.

Dann hielt er die Luft an und bückte sich mühsam, um den Schnee von einem kleinen Grabstein zu wischen. Warum halten Menschen immer die Luft an, wenn sie sich bücken, dachte ich.

Der Mann schaute zu mir rüber und sagte mit einem Pfeifen in der Stimme: „Wos schaugsdn so, du blede Katz? Host no nia an Menschn gseng, ha?"

Dann warf er eine Handvoll von dem lockeren Schnee in meine Richtung und grunzte: „Schleich di, host ghead? Hau ab!"

Und zu dem Grab sagte er kopfschüttelnd: „Jezad red i scho mit depperde Katzn, Maria! Host des gseng?"

Ich ging nach Osten zum Klosteranger. Beim Katzentreff war niemand, es war wohl noch zu früh. Das erste der großen Schiffe legte am Hauptsteg an, und Zweibeiner in merkwürdig bunte, dicke Kleider gehüllt, kamen lachend und laut sprechend aus dem Bauch des Schiffes gequollen.

Nachdenklich ging ich am „Lindenwirt“ vorbei, dann weiter über den zugeschneiten Spielplatz, und beim vormaligen „Cafe Gini“ bog ich nach Westen ab, zu unserem Haus.

Ein kleiner Zweibeiner stolperte fast über mich und fragte seine Mutter: „Mami, wann ist denn Weihnachten?“

Sie sagte: „Bald. Du musst nur noch ein paarmal schlafen, dann kommt das Christkind und bringt dir viele schöne Sachen.“

„Au ja“ , jubelte der kleine Mensch, „Ich will Eis, und Schokolade, und Kekse und einen Tretroller. Kriege ich das?“

„Ja“, sagte die Mutter, und der Kleine meinte: „Das hast du letztes Mal auch gesagt. Und es war kein Eis dabei, bloß die blöde Mütze von Oma. Und der Papa hat auch kein Eis gekriegt, sondern nur die Schnur, die er sich um den Hals binden sollte. Und der Papa war erst traurig, und dann hat er gesagt, wenigstens sind es keine Socken wie sonst immer. Weißt du das überhaupt noch, Mama?“

Die Frau schaute sich um, sah mich und erklärte ihrem kleinen Menschen: „Schau, Basti, die kleine Katze da. Die wünscht sich zu Weihnachten garnichts. Die ist einfach glücklich, wenn sie bei ihrer Mami sein darf. Jetzt nörgel nicht rum, du kriegst gleich einen heißen Kakao und einen Keks, ja?“

„Kekse, jau. Haben die auch Krümelmonsterkekse, was meinst du?“ Die Mutter nickte, und lachend liefen die beiden durch den Schnee.

Ich schaute ihnen nach, und eine Träne floß mir über das Gesicht und verschwand im Schnee.

Petro lag immer noch im Korb, und er rümpfte die Nase, als ich mich neben ihn legte. „Bah, du bist nass. Pass doch auf!“

„Tschuldigung, ja?“ Ich rückte zur Seite und fragte ihn: „Sag mal, wie ist das Weihnachtsfest hier? So wie bei uns? Gehen die Zweibeiner wie bei uns abends in die Kirche und am nächsten Morgen ist „Il Bambinello Gesu“, mit Geschenken vor der Tür und so?“

Petro schüttelte den Kopf und sagte: „Nein, die hier feiern ganz anders. Aber es gibt natürlich auch Krippen und viele Geschenke. Man geht zur Kirche, man ißt und trinkt viel. Gut, bei uns in Palermo sind die Krippen wichtiger als hier. Ich weiß, dass unser Stadtviertel für seine prächtigen ‚Presepe‘ berühmt war. Und ‚Il Tombolone‘, die große Weihnachtstombola, die kennen sie hier auch nicht. Schade eigentlich. Denn wenn bei uns eine Familie in der Nachbarschaft ein Glückslos hatte, dann bekamen auch wir Hunde was ab. Würste, ein Stück Fleisch, ein paar große Knochen. Ja ja, so war das.“

Petro schaute verträumt vor sich hin, bis ich sagte: „Ich glaube, ich weiß, wo die beiden Katzen sind.“

Er fuhr hoch: „Waaas? Und das sagst du so nebenbei?"

„Ich bin mir ja auch nicht sicher. Aber eine von den frommen Schwestern im Kloster hat erzählt, dass sie ein Jammern und Miauen gehört hat, als sie drüben auf der Krautinsel war. Der Bischof hat das Gespräch mitbekommen. Ich habe ihn vorhin bei den Gräbern getroffen."

„Und jetzt?"

„Wir warten, bis der See hart ist. Dann gehen wir auf seinem Rücken auf die Insel und holen uns die beiden. Sie sind wahrscheinlich in einer Hütte gefangen."

„Wer ist ‚wir'?" Petro schaute mich misstrauisch an.

„Du, ich, der Jacko und der Bischof", sagte ich, und Petro ließ zischend Luft ab: „Warum willst du den Jacko mitnehmen, diesen Spinner? Und warum den alten Bischof? Der hat doch seine beste Zeit längst hinter sich."

„Beim Jacko sind zwar nicht alle Gedanken da, wo sie sein sollten, aber er ist ein tapferer Bursche. Der Bischof kennt die gefährlichen Stellen, auf die wir achten müssen, wenn wir über den See gehen. Und du gehst mit, weil ich dir vertraue. Möglicherweise gibt es einen harten Kampf, und auf dich kann ich mich verlassen, das weiß ich."

Er nickte, und ich sprach weiter: „Sag den anderen Hunden nichts, hörst du? Das muss jetzt alles unter uns bleiben. Dem Jacko erzählen wir auch erst davon, wenn der See hart ist. Und noch was: Kein Wort zu Ricarda. Ich will nicht, dass sie sich ängstigt, klar?"

Er nickte, und wir legten uns beide hin. Ich schlief ein und wurde von der lauten Stimme meines Zweibeiners geweckt, der in das kleine weiße Teil sprach, das er in der Hand hielt: „Was meinst du damit, Mutter, ob wir auch immer vor dem Essen beten? Nein, tun wir nicht, und wozu auch? Meine Frau kocht ganz gut, auch wenn du sie nicht magst. Was? Ja, Mama, bis später."

Dann legte er das Ding auf den Tisch und kam zu uns an den Korb. Er bückte sich, streichelte uns und sagte: „So, jetzt geht mal an die frische Luft, ihr beiden Pennsäcke. Los, raus mit euch in den Schnee!"

Er kippte den Korb um, und Petro und ich gingen missmutig nach draußen.

Oben, am Baumgarten, kam uns Jacko ganz aufgeregt entgegengelaufen. Er rief schon von weitem: „Schnell, ein Zweibeiner hat sich die Ricarda geschnappt und ist mit ihr in ein Boot geklettert. Wir müssen was machen, schnell!"

„Wo sind sie?" fragte ich, und Petro schaute sich prüfend um.

„Er ist mit ihr in so ein kleines Boot mit zwei Hölzern an der Seite gestiegen. Unten, beim Nordsteg. Und jetzt fährt das Boot nach Süden. Schnell, vielleicht sehen wir sie noch."

Im Regenbogenland

Ich glaube, dass ich noch nie in meinem Leben so schnell gerannt bin. Jacko und Petro waren noch weit hinter mir, als ich am Nordsteg ankam. Ich lief bis zum Ende der Holzplanken und starrte auf das Wasser hinaus. Hinter mir kamen die beiden anderen keuchend und schwer atmend zum Stehen.

„Wo ist das Boot?" Ich schaute mich hektisch um, aber es war nirgends zu sehen. Dicht über dem See waberten Nebelschleier, und man konnte nicht viel erkennen. Ich erblickte einen großen Vogelschwarm, der sich drüben, auf dem nahen Festland im Westen erhob. Es waren wohl ein paar hundert oder noch mehr von diesen schwarzen Flugtieren, die die Zweibeiner „Krähen" nennen.

Der gewaltige Schwarm sammelte sich und machte im Steigflug einen langgezogenen Schwenk nach Norden. Die dichte und pechschwarze Masse der vielen Vögel wirkte undurchdringlich und gebogen wie eine gewaltige Sense, die quer über den trüben Winterhimmel gezogen wurde. Die Krähen flogen über die Dächer der Häuser, immer höher, bis sie die müde Sonne verdeckten. Dann bog die fliegende Armada unvermittelt nach Südosten ab und kam dann auf uns zugeflogen.

In den blattlosen Wipfeln der alten Bäume hinter uns im Baumgarten, ließen sich die Vögel nieder, schlugen mit den Flügeln und rückten knarzend und kreischend auf den Ästen hin und her. Dann kam die dunkle Masse zur Ruhe, und ungezählte gelbschimmernde Augen starrten zu uns herüber. Im trägen Wind hörten wir das Klappern ihrer Schnäbel. Dann war plötzlich Ruhe, nein, es war eine unheimliche Stille um uns, so, als ob uns ein böser Zauber die Ohren genommen hätte.

„Sie sind entweder nach Nordwesten oder nach Südwest unterwegs“, sagte Jacko und Petro meinte: „Ich würde sagen, Südwest. Denn da drüben am Ufer ist ein großes Zweibeinerdorf, da laufen jetzt schon zuviele von denen rum. Einer mit einer Katze unter dem Arm fällt da schon irgendwie auf. Nein, ich glaube, die sind unterwegs zu der kleinen Insel, was meint ihr?“

Jacko starrte in die Nebelwand und wiegte seinen schwarzen Kopf hin und her, Petro schaute mich an, und ich rief mir die Worte des Bischofs wieder ins Gedächnis und sagte: „Los, wir laufen auf der Westseite zum Kloster, vielleicht sehen wir sie.“

Jacko, Petro und ich hetzten den Uferweg entlang, schlängelten uns durch die ersten Besucherströme und waren ziemlich schnell am Seglersteg. Hier war etwas weniger Nebel, und durch die weißen Schwaden, die von See aufstiegen, sah ich ein kleines, dunkles Boot, in dem eine schwarzgekleidete Gestalt vornübergebeugt saß. Mit kräftigen Armzügen bediente er die beiden langen Hölzer, die links und rechts von der Mitte des Bootes ins Wasser ragten. Ich hörte sein Ächzen und das leise Plätschern des Wassers, wenn die Ruderblätter in die eiskalten Fluten eintauchten.

Petro stieß mich an und sagte: „Ich springe rein und schwimme ihm nach. Ihr holt die anderen Hunde. Den machen wir platt!"

„Bleib hier, du Trottel. In dem Wasser bist du nach ein paar Atemzügen weg vom Knochen", sagte Jacko: „Ich bin da mal reingefallen, im letzten Winter. Ich habe nach ein paar Schnaufern geglaubt, ich wäre tot."

„Warum hast du es dann nicht durchgezogen?", fragte Petro und Jacko hieb ihm mit der Pfote auf die Ohren.

„Ruhe jetzt", rief ich. „Der will zu der kleinen Insel, soviel ist klar. Jacko, du gehst und suchst den Bischof. Warte mit ihm da, wo er immer sitzt. Sobald ich mit den Hunden gesprochen habe, komme ich zu euch. Kein Wort zu den anderen Katzen, die drehen nur unnötig durch, das bringt uns jetzt aber garnichts. Petro, du rennst zurück zum Baumgarten und holst die Hunde zusammen. Ich muss mit dem Calli reden. Los jetzt, haut ab. Lasst mich allein, ich muss nachdenken. Bis gleich."

Die beiden liefen los, ich legte mich auf die kalten, vereisten Bretter des Stegs und schaute dem Boot nach, das lautlos im Nebel verschwand. Dann schloss ich die Augen ganz fest und richtete alle Gedankenkraft, die in mir war, an meine Mutter: „Mama, was soll ich tun? Wenn du mich hören kannst, dann hilf mir jetzt. Bitte!"

Nach einer kurzen Weile bildeten sich Wörter in meinem Kopf. Wie die gelben Zitronenfalter aus meiner Heimat kamen die Worte von weit her und setzten sich hinter meinen geschlossenen Lidern in der richtigen Reihenfolge zusammen: „Bleib ruhig, mein Sohn, und warte ab. Deine Zeit ist noch nicht gekommen. Und wenn es soweit ist, dann vertraue auf dich, nur auf dich allein. Setze keine Erwartungen in andere. Denn nur, wenn man keine Erwartungen hat, an nichts und niemanden, dann wird man auch nicht enttäuscht. Sei dein Führer und mache das, was dir deine Eingebung sagt. Ich bin bei dir, dir wird nichts passieren. Du hast einen Freund, einen Mentor, den du noch nicht als solchen erkannt hast. Aber er ist da und wird dir im richtigen Moment sagen, was zu tun ist. Und was du dann daraus machst, das flüstert dir deine Intuition ein. Vertrau mir, alles wird gut."

Ich seufzte tief und rappelte mich auf. Dann lief ich, am Klosterwirt vorbei und über den Spielplatz, zum Baumgarten. Petro und drei der Hunde erwarteten mich. Die schwarze Krähenarmee war mittlerweile weitergezogen, und ich ging durch den Schnee auf die Hunde zu.

Der helle Jagdhund mit der schwarzen Maske um die Augen starrte mich an und sagte: „Gantf föne Feiffe, waf?" Die anderen nickten, und Calli fragte mich: „Und? Ist das Boot zur kleinen Insel gefahren? Konntest du das sehen?"

Auch ich nickte und schaute sie der Reihe nach an. Dann holte ich tief Luft und sagte: „Gut. Danke, dass ihr gekommen seid. Es ist so: Wahrscheinlich sind diese anderen beiden Katzen auch auf der Insel.

Ob sie noch leben oder schon tot sind, das weiß ich nicht. Aber dass sie auf der Insel sind, ist ziemlich sicher. Außerdem habe ich gehört, dass im letzten Jahr auch schon mindestens zwei Katzen spurlos verschwunden sind. Was wisst ihr darüber?"

Calli kratzte sich hinter dem rechten Ohr, dann meinte er: „Nicht viel. Die sind wohl ertrunken, denke ich, keine Ahnung. Von uns hat denen jedenfalls keiner was getan, wenn du das meinst."

„Genau. Wir haben nämlich garnichtf gegen Katfen. Ich finde fogar, jeder follte eine haben. Pfum Frühftück, pfum Beifpiel." Nimrod, so hieß das lispelnde Ekelpaket schräg vor mir, grinste mich dämlich an, und Calli knurrte zu ihm rüber: „Halt endlich deine vorlaute Schnauze. Das hier ist ernst." Und zu mir sagte er: „Tja, ich weiß jetzt auch nicht genau, was wir tun können. Mein Vorschlag ist: Wir Hunde schwimmen zur Insel rüber und sehen uns mal ein bisschen um, und dann treffen wir uns wieder und beratschlagen, wie wir vorgehen."

Er nickte behäbig und schaute seine Kumpel der Reihe nach an: „Oder hat einer von euch einen besseren Vorschlag?"

Die Hunde schüttelten unisono die Köpfe. Ich räusperte mich: „Danke, das ist echt nett von euch. Aber das will ich nicht. Wenn ihr da rüberschwimmt und auf der Insel rumrennt, dann sieht euch vielleicht der Kerl, der unsere Schwestern gefangenhält und wäre gewarnt. Ich möchte, dass ihr alle weiterhin auf Streife geht und aufpasst. Vielleicht greift er sich ja noch eine Katze. Oder einen kleinen Hund, der wie eine Katze aussieht."

Damit schaute ich Petro an, und die großen Hunde gluckten und kicherten und glotzen ebenfalls auf den kleinen Petro, der jetzt erst merkte, dass er veräppelt wurde.

„Echt gut, ehrlich jetzt. Der war super. Hast du noch so einen?", bellte er mich an, dann knurrte er zu den Hunden hoch: „Euch knöpfe ich mir auch vor. Jeden einzelnen, wenn ihr nicht sofort mit dem dämlichen Grinsen aufhört!"

„Noch was möchte ich sagen", rief ich: „Ich habe einen Plan. Wir warten, bis der See seine harte Haut hat. Wie lange kann das noch dauern, was meint ihr?"

„Äxgüsi", sagte der Berner Senn, der „Tell" hieß, soweit ich mich erinnerte: „Amigs naadisna Wihnachte, waasch numme?"

„Da war der Leonardo doch noch garnicht hier, du Spinner", knurrte Ewald, und zu mir gewandt: „Er meint, meist ist es kurz nach Weihnachten soweit, dass der See zufriert. Also, wenn es weiterhin so kalt bleibt und noch ein bisschen anzieht, dann kann das schon morgen oder übermorgen so sein."

„Na ja, so richtig dick gefroren ist er da natürlich noch nicht, aber ein Leichtgewicht wie dich trägt er dann schon, glaube ich. Das wolltest du doch wissen, oder?" fragte Calli und schaute mich an.

Ich nickte und sagte: „Genau. Wenn es soweit ist, gehe ich rüber. Mit Petro und Jacko. Wir müssen rauskriegen, wo unsere Schwestern sind, und ob der Zweibeiner alleine ist, oder ob noch jemand in der Sache mit drinsteckt. Wenn wir das alles wissen, dann überlegen wir, wie das mit der Befreiung ablaufen kann. Bis dahin gibt es keine Aktionen. Von euch nicht, und von uns auch nicht. Ist das ok? Frieden zwischen Hund und Katz und umgekehrt. Habe ich euer Wort?“

Ich schaute die Burschen der Reihe nach an, zuletzt den Calli, und der nickte wieder mit seinem mächtigen Schädel und sagte: „Gut, Kleiner. so machen wir es.“

„Danke“. Ich drehte mich um und ging weg. Nach ein paar Metern hörte ich Callis tiefe Brummelstimme hinter mir: „Leo?“

„Ja?“ Ich schaute über die Schulter zurück, und er sagte grinsend: „Schade, dass du kein Hund bist. Alles Gute!“

Die anderen grinsten, und Petro blinzelte mir zu.

Ich lief über den Bolzplatz und kam am ehemaligen „Cafe Gini“ vorbei. Am Eingang stritt sich ein älteres Zweibeiner-Pärchen. Er sagte zu ihr: „Meine Mutter hat schon recht gehabt. Ich hätte dich nie heiraten dürfen. Schau dich nur an. Wie kann man nur vor dem Mittagessen schon Schnaps trinken, hmh? Da wollte ich eine Frau heiraten, die kochen kann wie meine Mutter, und jetzt hab ich eine, die säuft wie mein Vater.“ Er verdrehte die Augen und schaute verzweifelt nach oben: „Herr im Himmel!“

Und sie: „Lieber Korn im Blut als Stroh im Kopf, Alter. Dann geh doch und heirate deine Mutter. Das wird aber schwierig, denn sie ist seit Jahren ziemlich tot. Haben wir das schon vergessen, hmh?“

„Wie denn?“, keifte er: „Ich kann mich jetzt noch sehr gut an unseren Streit wegen dem Grabstein erinnern. Nicht mal den hättest du ihr gegönnt, wenn es nach dir gegangen wäre, oder?“

„Klar doch“, sagte sie und trank den Rest der klaren Flüssigkeit aus der kleinen, bauchigen Flasche, die sie in der Hand hielt: „Was soll die mit einem Marmorgrabstein? Gibt es denn mittlerweile verlässliche Aussagen von Verstorbenen, für was so einer überhaupt gut sein soll?“

Dann sah sie mich, rülpste kurz und sagte zu mir: „Da schaust du, gell, Mieze. Sei froh, dass du nicht heiraten musst.“

Am „Lindenwirt“ vorbei lief ich zu den Gräbern und sah den Bischof und Jacko nebeneinandersitzen. Beide schauten auf die kleine Laterne, in der wieder eine Kerze ihr kurzes Leben abbrannte. Jacko sagte was zum Bischof, und der kratzte mit einer Pfote im Schnee, der auf der Grabumrandung lag. Da schaute sich Jacko um, sah mich und stupste den Bischof an.

Ich stellte mich neben die beiden, blickte zum Kirchturm mit seiner Zwiebelkuppel hoch und sagte: „Mit den Hunden ist alles klar. Die gehen weiter ihre Runden und halten sich von der kleinen Insel fern. Außerdem halten wir einen totalen Frieden, bis wir unsere beiden Schwestern wiederhaben. Wisst ihr was Neues?“

„Sie sind da drüben, das spüre ich“, sagte der Bischof und schaute an Jacko vorbei zu mir herüber, dann sprach er den Jacko direkt an: „Geh du zum Katzentreff, sieh zu, dass du so viele wie möglich zusammenkriegst. Und dann erzählst du ihnen das, was der Leonardo gerade gesagt hat: Keine Raufereien mit Hunden, alle arbeiten zusammen, bis die Aktion vorbei ist. Egal, wie lange es dauert. Wer sich dem widersetzt, der verweigert mir den Gehorsam, und muss mit entsprechenden Strafen rechnen. Solange ich lebe, bin ich hier auf der Insel der Anführer aller Katzen. Das ist mein Wort, und so soll es sein. Jetzt geh und verkünde es.“

Jacko nickte und trollte sich. Der Bischof schaute auch zum Himmel und sagte: „Hast du die Boten des Todes gesehen?“

Ich muss wohl ziemlich verständnislos geguckt haben, denn er runzelte die Stirn und sprach weiter: „Die Todesvögel? Das waren Hunderte von denen. Und sie haben erst eine Sieben in den Himmel gezeichnet, und dann eine Neun. Weißt du, was das heißt?“

Ich schüttelte den Kopf und hatte plötzlich einen trockenen Mund, so dass ich nicht sprechen konnte.

„Die Sieben, mein kleiner Freund, ist eine mystische, heilige und göttliche Zahl. Sie kommt in allen Glaubensrichtungen aller Wesen auf dieser Erde vor. Sie ist die Zahl der Vollendung, der Addition von Drei und Vier, das heißt, die Verbindung des Geistigen mit der Materie. Wer von uns den „Weg der

Sieben“ hier auf dieser Welt gehen kann, wird zum Meister des Lebens. Die Sieben ist auch die Zahl der Heilung von einem geistigen oder körperlichen Problem. Die Sieben ist überall um uns herum. Denk darüber nach, mein Freund.“

Ich nickte und war wie benommen, und der Bischof sprach weiter: „Dann haben die Boten des Todes die Neun am Himmel gebildet. Diese Zahl entspricht der höchsten Schwingung. Sie steht für Vollkommenheit und erweitertes Bewusstsein. Sie enthält drei Mal die Drei, das heißt, Zahlen, die die Drei und die Neun enthalten, bringen immer eine Botschaft. Wo haben sich die schwarzen Boten niedergelassen?“

„Oben, am Baumgarten“, stammelte ich, und der Bischof nickte und fragte: „Und wo warst du? Nein, lass es mich anders sagen: Sind die Todesvögel so auf den Bäumen um dich herumgesessen, dass sie eine große Null gebildet haben, und du warst ungefähr in der Mitte der Null?“

Ich nickte, und er sagte: „Die Null ist das große Nichts, sie hat keinen Anfang und kein Ende, sie ist die Vollendung. Die Vögel haben dich dazu auserkoren, mit mir unsere Schwestern zu finden und die Sache zu vollenden. Also wird es geschehen.“

Er starrte lange auf den Grabstein, seufzte dann und sagte: „Wie würdest du es machen?“

Ich erwiderte: „Lass uns warten, bis der See seine harte Haut übergezogen hat. Dann gehen wir über das feste Wasser. Du, Petro, Jacko und ich. Und entweder, wir kommen mit unseren Schwestern zurück, oder auch wir werden auf der kleinen Insel bleiben."

Er schaute mich lange an, blinzelte träge mit den Augen und sagte: „Gut. So soll es sein. Lass mich bitte jetzt allein. Bald ist es soweit, das sagen mir meine alten Knochen. Geh heim, Leonardo, ruh dich aus. Du wirst deine ganze Kraft brauchen."

„Eine Frage noch, dann gehe ich." Ich wusste nicht so recht, wie ich das, was ich von ihm wissen wollte, formulieren sollte. Aber ich fasste mir ein Herz und fragte: „Wie gut kanntest du die beiden Katzen, die im letzten Jahr verschwunden sind? Willst du darüber reden, oder lieber nicht?"

Er starrte auf das verblichene Bild auf dem Grabstein, dann seufzte er: „Ronja war meine Gefährtin, und Arkana war meine Tochter. Ich habe alles verloren, was ich in meinem langen Leben geliebt habe. Aber bei ihr", er nickte zum Grabstein hin:„bei ihr weiß ich, wo sie ist. Und ich kann sie besuchen und mit ihr sprechen, wann immer ich will. Aber meine große Liebe und mein Kind sind tot, aber ich weiß nicht, wo sie sind, und das tut unendlich weh."

„Woher weißt du, dass die beiden tot sind?"

„Ach, Kleiner", sagte er mit soviel Traurigkeit in der Stimme, wie ich das noch nie zuvor gehört hatte, „Vorfahren von mir kommen aus Norwegen. Und bei uns, in der alten Heimat, da gab es das ‚Vardoger', das heißt ‚warnende Seele'. Ich wusste immer, ob es meinen beiden gutging oder nicht, auch wenn sie weit von mir weg waren. Und ich habe gespürt, wann sie heimkommen, oder wenn eine von ihnen verletzt war oder krank. Zwei Tage und Nächte, nachdem sie verschwunden waren, habe ich keine Signale mehr empfangen. Da wurde mir klar, sie sind tot. Beide. Und erst jetzt habe ich erfahren, wo sie sein könnten. Deswegen würde ich auf jeden Fall mitkommen, denn ich habe noch was zu erledigen, bevor ich ihr", damit nickte er zum Grab hin, „und meinen Beiden nachfolgen kann."

Er seufzte tief und schaute mich an: „Jetzt weißt du alles, was du wissen musst. Geh jetzt. Ich bleibe noch hier."

Ich nickte und ging ohne ein weiteres Wort zu sagen. Wind kam auf, und aus den dunkelgrauen Wolken fielen weiße Flocken, verspielt wie Schmetterlinge, und hüllten den Bischof und seine Gedanken in einen zarten, weißen Mantel.

In dieser Nacht hatte ich einen Traum, der anders war als alles, das ich vorher im Schlaf erlebt hatte. Es muss wohl gegen Mitternacht gewesen sein, denn ich nahm den dunklen Klang der Glocke vom Turm beim Friedhof wahr. Petro lag schlafend neben mir. Seine Beine bewegten sich schnell, und er bellte mit geschlossener Schnauze hinter Herden von Katzen her, die er auf einem imaginären Planeten über grüne Hügel zu jagen schien.

Nach dem letzten Schlag der Glocke war meine Mutter plötzlich da. Sie schwebte, von Licht umgeben, über dem Korb und sagte lächelnd: „Leonardo, mein Liebling, komm mit mir. Heute zeige ich dir was ganz Besonderes."

Ich löste mich von meinem Körper, schwebte hoch zu meiner Mutter, und wir beide schauten nach unten zu dem hechelnden, träumenden Hund und der tief und gleichmäßig atmenden Katze namens Leonardo neben ihm.

Wir flogen nebeneinander durch das Hausdach, hinauf zu den Wolken und weiter zu den Sternen. Ein nie gekanntes Glücksgefühl überkam mich, und ich schaute zu meiner Mutter auf, die lächelnd neben mir schwebte.

Immer höher glitten wir, am Mond vorbei, zwischen zwei mächtigen Sternengruppen hindurch und weiter in das unendliche All. Ich schaute zurück, und die Erde lag weit hinter uns, und sah aus wie eine von diesen kleinen blauen Glaskugeln, mit denen die Menschenkinder manchmal im Sand spielen.

Wir flogen immer schneller, und dunkle Planeten und leuchtende Sterne glitten an uns vorbei. Nach einiger Zeit tauchte vor uns ein riesengroßer, schwarzer Planet aus dem Dunkel des Alls. Wir rasten direkt auf ihn zu, und mit seiner Fläche verschluckte er alles Licht rings um uns.

„Mama, wir stürzen ab", schrie ich, aber meine Mutter lächelte mich über die Schulter an und sagte: „Hab keine Angst, mein Liebling, das muss so sein. Schau, siehst du die Öffnung in der Mitte der Schwärze?"

Ich kniff die Augen zusammen und tatsächlich: In der Mitte dieses unendlich großen Planeten war ein Loch, ein Krater zu sehen, und wir stürzten direkt darauf zu. Es war wie ein Strudel im Wasser. Irgendwas sog uns an und schlürfte uns in diese mächtige, dunkle Höhle.

Die Öffnung wurde größer. An den Rändern sah ich nun kleine Lichter, die glitzerten wie Tausende von Diamanten. Bevor ich mir das näher ansehen konnte, wurden wir in die Öffnung gerissen und flogen rasend schnell an rauen, schwarzen Wänden entlang in einem Stollen, der dunkler war, als alles, was man sich nur vorstellen kann.

Nach einiger Zeit merkte ich, dass am anderen Ende des Tunnels ein Licht auftauchte, das immer größer wurde. Und auch in der Röhre blinkten plötzlich kleine Leuchten auf. In allen Farben schimmerte und schillerte es rings um uns her.

Das Licht am Ende wurde immer heller, ich merkte, dass wir langsamer schwebten und vor einer großen, gelben Lichtkugel am Ausgang zum Stillstand kamen.

Die Kugel verfärbte sich in ein blasses, transparentes Blau, und in meinem Kopf hörte ich eine mächtige, dunkle Stimme: „Willkommen, Chiara, du schönste aller Schönen! Ich verblasse, wenn du vor mir stehst. Welch ein Freude, dich zu sehen. Aber was willst du mit deinem Kleinen hier? Der muss noch sehr lange auf dem blauen Planeten weilen, bevor er zu uns darf, das weißt du doch, oder?“

„Retiel, mein Lieber, ich bringe ihn her, weil du eine Botschaft für ihn hast. Wirst du so langsam vergesslich, hmh?"

Die große blaue Lichtkugel vor uns wechselte wieder die Farbe und war nun dunkelrot, wie die glühende Holzkohle, die ich bei den Fischern aus Mondello gesehen hatte, wenn sie am Abend vor ihren Häusern Fisch, Würstchen und Gemüse grillten.

Die Donnerstimme des Wesens, das auf den Namen Retiel hörte, war wieder dröhnend in meinem Kopf: „Chiara, meine angebetete Göttin, wenn du so an die drei Millionen Erdenjahre hier die Pforte bewachen müsstest, dann würdest du auch ein bisschen wackelig im Kopf. Was hast du für einen hübschen Sohn. Ich wollte, wir beide hätten den gezeugt!"

Dann lachte die glühende Kugel so sehr, dass sie Blitze versprühend auf und abhüpfte.

Meine Mutter wurde rot um die Augen und sagte verschämt zu mir: „Das hier ist mein alter Freund Retiel, der Wächter des Tores. Hör nicht auf ihn, Leonardo, denn er war vor vielen, vielen Sommern und Wintern ein Säbelzahntiger. Und damals hätte er mich ohne mit der Wimper zu zucken ratzfatz aufgefressen."

„Ich hatte dich eben immer schon zum Fressen gern, Chiara. Wartet hier, ich bin gleich wieder da! Und lasst mir keinen hier rein, solange ich weg bin."

Das große, runde Licht verlosch, nein, es fiel in sich zusammen und verschwand, und ich sah durch die Höhlenöffnung weit oben im Berg in ein Land, wie ich es nie gesehen hatte.

Da waren Wasserfälle, dichte Regenwälder, große blaue Seen, umgeben von Palmen. Und weit hinten, am Horizont, sah ich eine Wüste, durch die eine Karawane von großen Tieren zu einer tiefgrünen Oase unterwegs war. Dazwischen erblickte ich hohe Berge, auf denen Schnee lag, und weit hinten einen Vulkan, der so aussah wie unser Ätna.

„Ist das hier das Paradies?", fragte ich meine Mutter. Sie lächelte und sagte: „Nein, Leonardo, das hier ist noch viel schöner als das Paradies. Dies hier ist das Regenbogenland. Schau nur, was du von hier aus alles sehen kannst."

„Wow", seufzte ich und erschrak im gleichen Moment ganz fürchterlich, denn direkt vor dem Höhlenausgang flogen mehrere Tiere vorbei, die größer waren als das, was die Menschenwesen „Flugzeuge" nennen.

„Mama, was war das denn?"

„Erschrick nicht, Leo, das waren Flugsaurier. Die hat es auf unserer Erde vor vielen Millionen Jahren gegeben."

„Und warum sind die jetzt hier?" Vorsichtig spähte ich um die Ecke, aber die fliegenenden Monster waren weg.

„Hier ins Regenbogenland kommen alle Tiere irgendwann mal, Leonardo, auch du."

„Hey, dann ist das hier doch das Paradies, Mama?"

„Nein", sagte sie, „Das Regenbogenland ist anders. Weil hier keine Menschenwesen sind, sondern nur Tiere. Für uns Tiere gibt es auch keine Hölle und kein Fegefeuer. Weil kein Tier von Natur aus böse oder schlecht ist. Wir töten keine anderen Tiere zum Spaß, oder weil wir was haben wollen, das ein anderes Wesen besitzt. Sowas machen nur die Menschen. Wir müssen uns auch nicht vor Gottheiten rechtfertigen, die dann entscheiden, wo wir landen."

Ich schaute meine Mutter an und war sprachlos.

„Weißt du, Leonardo, jedes Tier, sei es noch so groß oder klein, hat hier dieselbe Stimme und kann das Regenbogenland so mitgestalten, dass es sich hier wohlfühlt. Deswegen siehst du diese Vielfalt von Farben und Landschaften. Weil sich hier ein jeder sein eigenes Paradies schaffen kann. Schau, Leo, alle leben friedlich zusammen, weil es kein Freßbedürfnis gibt. Man wird von den Farben und den Strahlen satt. Und niemand muss hier Angst vor einer anderen Gattung haben, selbst wenn sie auf Erden die schlimmsten Todfeinde waren."

Und wirklich: Da unten spielten Hunde mit Löwen und Wölfe mit Katzen, und viele seltsame Tiere, die ich noch nie gesehen hatte, waren in einer Harmonie zusammen, die man bis hierher spürte.

„Mama, warum bin ich hier? Kann ich denn jetzt hier bei dir bleiben?"

Sie schüttelte den Kopf und sagte: „Nein, mein Liebling. Du hast noch eine Aufgabe vor dir und ein langes Leben. Aber du hast einen Mentor auf deiner kleinen Insel, der mit sich selber nicht mehr klarkommt, und dem sollst du eine Botschaft bringen."

Ich wollte noch etwas fragen, aber direkt vor mir war plötzlich eine kleine, grünglühende Kugel, die sehr schnell immer größer wurde und dabei ständig die Farben wechselte.

„Retiel, lass den Quatsch“, rief meine Mutter, „du siehst aus wie das, was die Menschen eine ‚Heizsonne‘ nennen!“

„Und jetzt?“, dröhnte die volle, tiefe Stimme wieder in meinem Kopf, während er blitzschnell ein sprühendes Farbenfeuerwerk ausstieß.

„Jetzt siehst du aus wie eine Discokugel. Weißt du, was das ist?“

„Nein“, war da die Stimme wieder, „mit dem neumodischen Kram habe ich nichts mehr am Hut. Hier, ich habe euch Besuch mitgebracht.“

Die Lichtkugel schwebte zur Seite, und ich sah eine sehr schöne, graue Katze, die mich freundlich anlächelte.

„Du bist der Leonardo, nicht wahr?“ Sie sah ihren Worten lächelnd hinterher, und ich schluckte und wollte was sagen, konnte aber nur mit dem Kopf nicken.

„Ich bin Ronja und habe eine Botschaft für meine große Liebe. Du nennst ihn den Bischof, glaube ich, ja?“

Ich hatte einen staubtrockenen Mund und nickte wieder.

„Kannst du denn nicht sprechen, du armer Kerl?“, fragte mich die wunderschöne Graue und ich krächzte: „Äochhm … doch, schon.“

„Gut“ Sie strahlte mich wieder an, und ich hörte ihre Stimme laut und klar: „Bitte sag ihm, dass ich ihn nicht erreiche. Er ist so in seiner Trauer versunken, dass meine Gedanken ihn nicht finden. Unsere tiefe Verbindung, die wir immer hatten, die ist abgerissen. Sag ihm, es geht uns gut, da wo wir jetzt sind, seiner Tochter Arkana und mir. Und sag ihm, dass es auch seiner Zweibeinerin gutgeht. Ich kann mit ihr nicht in Kontakt treten, aber unser Retiel hier, der hat mir viel vom Paradies der Zweibeiner erzählt, und er weiß auch, dass sie dort ist. Weißt du, der Bischof hat zu lange getrauert, er muss jetzt damit aufhören, sonst kann ich ihm nicht im Traum erscheinen. Und das möchte ich doch so gerne. Sag ihm, er soll zu dem Platz gehen, wo wir uns immer hingelegt und zusammen über die merkwürdigen Touristen gelacht haben, die unsere schöne Insel im Sommer überrannten. Dort werde ich den Duft einer wilden Rose hinterlegen. Das war immer sein Lieblingsduft. Und noch was: Sag ihm, dass das, was er bald sehen wird, nichts mehr mit mir und Arkana zu tun hat. Garnichts. Er soll keinen Unsinn machen, denn wir warten hier auf ihn, und bei uns hier oben spielt die Zeit keine Rolle mehr. Kannst du dir das alles merken?"

Ich nickte wieder und wollte was erwidern, aber die Stimme in meinem Kopf war plötzlich eine ganz andere. Sie klang ungeduldig und rief meinen Namen: „Leo, Mensch Leonardo, wach auf. Wenn das die Zweibeiner sehen, gibt es Ärger. Leo! Leo!!!! Manno, so tief kann doch keine Katze schlafen, oder?"

Ich schüttelte mich, riss die Augen auf und schaute in Petros aufgerissene Glotzer. Schlaftrunken streckte ich mich, gähnte und sagte: „Kerl, was soll das?“

Petro nickte zum Fenster hin, und ich sah Jacko. Oder besser gesagt, Jackos Kopf und seinen Oberkörper. Er hing kopfüber von der Dachrinne herab und hämmerte mit den Vorderpfoten an das von Eisblumen überzogene Fenster.

Ich schüttelte den Schlaf aus meinen Gedanken und schaute erst zu Petro, dann zu Jacko: „Trinkt der heimlich?“

Petro sagte: „Keine Ahnung. So hängt er aber schon seit einiger Zeit. Er hämmert an das Fenster und ruft deinen Namen. Würdest du freundlicherweise mal rausgehen und ihn beruhigen? Ich geh da nicht hin. Vielleicht hat er ja Pilze gefressen und ist auf einem Trip?“

Ich seufzte, krabbelte steif aus dem Korb und zwängte mich durch die Katzenklappe. Draußen war es bitterkalt und dunkel, nur die Laternen am Uferweg warfen ein diffuses Licht durch die neblige Luft zu uns herüber.

Ich schaute nach oben und wollte was sagen, aber Jacko erblickte mich und rief: „Na endlich. Warte mal, wie mache ich das jetzt …? Nein, verdammt, nicht schon wieder!“

Da rutschte er bereits mit den Hinterläufen aus der Dachrinne und stürzte direkt vor mir in den Schnee: „Aua, au, auweh. Ich werde zu alt für diesen Blödsinn. Los, Leo, renn sofort zum Seglersteg. Der

Bischof sitzt da, und wir glauben, er will ins Wasser springen. Wir reden ihm schon die ganze Zeit gut zu, aber er lässt keinen an sich ran. Sobald einer von uns auf den Steg geht, springt er, hat er gesagt."

„Ja, und jetzt?" Ich wusste auch nicht, was von mir erwartet wurde.

„Kerl, stell dich nicht blöder als du eh schon bist. Der Einzige, der mit dem Bischof reden kann, das bist du. Los jetzt, schwing die Pfoten."

Jacko schüttelte sich und rannte los, und ich hinterher. Petro steckte den Kopf aus der Katzenklappe, und sein Atem kam wie eine Wolke aus seiner Schnauze: „Und, was hat er? Soll ich vorsichtshalber mitkommen?"

„Ja!", rief ich und hastete durch den knirschenden Schnee.

Im zerfaserten Licht der Laternen, die am Uferweg standen, erkannte ich die rundliche Gestalt des Bischofs, der draußen, am äußersten Ende des Seglerstegs saß und nach unten in den schon leicht zugefrorenen See starrte.

Fünf oder sechs Katzen gingen mit zuckenden Schwanzspitzen, die ihre Anspannung und Erregung signalisierten, an der Bank vor dem Steg auf und ab.

Ich nickte Mina zu und sagte: „Scheuch die Katzen weg. Du bleibst dann hier und wartest." Sie fauchte mich an: „Seit wann hast du das Sagen, hmh?"

Jacko schaute sie nur an und zischte: „Tu, was er sagt. Los!"

Zu Petro und Jacko sagte ich: „Ich geh jetzt vor zu ihm. Ihr bleibt hier, ok?“

Die beiden nickten, und ich trabte auf den Steg und lief zum Bischof. Als ich neben ihm saß sagte er: „Was fällt dir auf?“

„Tu es nicht“, erwiderte ich, und er schaute mich erstaunt an: „Tu was nicht?“

„Na, reinspringen. Das willst du doch …, oder?“

Er schüttelte den zotteligen grauen Kopf und sagte mit einem grimmigen Grinsen: „Seh ich aus wie ein Selbstmörder? Sagen das die blöden Katzen hinter uns? Irgendwie musste ich die ja auf Abstand halten.“

Er schaute mich an und meinte: „Weißt du, Leo, die Klugheit der Katzen wird manchmal ein bisschen überschätzt. Nein, ich bin aus einem anderen Grund hier. Da, schau selber!“

Damit sah er wieder auf die mattweiß schimmernde Oberfläche des Wassers. Ich erkannte nichts.

„Das Eis, Junge. Es war heute Nacht so kalt, dass der See leicht überfroren ist. Zweibeiner und große Hunde würden sofort einbrechen, schon klar. Aber ich könnte jetzt da rüber auf die Insel gehen. Und genau das werde ich machen. Ich schaue mir nur an, wie ich am besten gehe.“

„Bischof, du bist der General, der Chef hier auf der Insel. Aber diese Aktion wirst du mich leiten lassen. Alleine kommst du nicht weit.“

„Soso, wie würde es denn der kleine Schlaumeier anstellen?“ Er sah mir voll in die Augen, und ich sagte: „Du gehst vor, weil du den Weg kennst, und die Stellen, wo wir aufpassen müssen. Hinter dir gehe ich, dann der Jacko und dann der Petro."

„Ach was. Wird das ein Betriebsausflug oder wie?"

Sein Gesicht war jetzt ganz nah vor meinem, und seine Pupillen zogen sich zusammen, während sich sein Fell aufstellte. Ich erwiderte: „Nein. Drüben wirst du die richtige Hütte suchen, wir warten solange am Ufer. Dann kommst du zurück, und führst uns dorthin. Bei der Hütte werden wir schauen, wie wir reinkommen. Überlass das mir. Ich kenne mich aus mit solchen Dingen, oder hast du schon vergessen, wo ich herkomme?"

„Du kleiner, dummer Wurm", fauchte er, „was bildest du dir überhaupt ein? Mit welchem Recht sprichst du so mit mir, hmh? Verschwinde von hier, aber schnell. Los, hau ab!"

„Ich habe sie gesehen, Bischof. Ronja. Sie ist mit Arkana im Regenbogenland. Es geht ihnen gut, und sie vermissen dich. Und du sollst mit dem Trauern am Grab aufhören und lieber zu dem Platz gehen, wo ihr euch immer getroffen habt, am Torbogen, weil es da manchmal nach wilden Rosen roch. Dort kann Ronja in deinen Träumen zu dir kommen. Das ist die Wahrheit. Das hat sie mir gesagt. Auch, dass du gleich was Schlimmes sehen wirst, das aber nichts mehr mit Ronja und Arkana zu tun hat." Ich schaute ihm jetzt fest in die Augen: „Reicht dir das?"

Um uns war plötzlich eine lähmende Stille.

Aus seinen Augen schossen Tränen, und er nickte wortlos. Ich rief: „Jacko, Petro, kommt her. Schnell!"

Die beiden kamen angetrabt, und ich ordnete an: „Jacko, die Mina soll zu den Hunden laufen, am besten zu Calli, der soll die anderen zusammentrommeln. Wir haben einen Notfall. Alle müssen hier bei der Bank warten. Kann sein, dass es gleich ein bisschen Stress gibt, wenn wir von der kleinen Insel zurückkommen, dann müssen die Hunde eingreifen. Aber sie dürfen auf keinen Fall auf das Eis gehen, dort brechen sie ein und ertrinken, ok? Und die Katzen sollen verschwinden. Los jetzt, und dann komm schnell wieder hierher!"

Zu Petro sagte ich: „Der Bischof geht jetzt über das Eis. Wir müssen genau in der Spur gehen, die er vorgibt. Er ist der schwerste von uns. Wenn es ihn trägt, dann uns auch. Drüben treffen wir uns unter den Bäumen. Los jetzt, in einer Stunde oder so ist es hell, und dann müssen wir längst wieder hier sein."

Der Bischof ließ sich vorsichtig auf die Eisfläche hinab und ging mit tastenden Schritten. Nach einem Meter drehte er sich um und rief: „Das trägt. Tritt gleichmäßig auf, Leo, und wenn es knirscht, dann schnell weiter."

Ich nickte und ließ mich am Pfosten auf das Eis gleiten. Zu Jacko sagte ich: „Petro soll sich am Ufer eine feste Stelle suchen und vorsichtig losgehen. Wenn der hier reinspringt, bricht er ein. Bis gleich."

Der Bischof verschwand schnell im leicht nebligen Dunkel, und ich musste mich bemühen, dass ich hinter ihm blieb. Manchmal knackte es bedenklich unter meinen Pfoten, und einmal trat ich in eine Pfütze.

Nach ein paar Minuten, die mir wie Stunden vorkamen, tauchte das verschneite Ufer der kleinen Insel in der noch sternenklaren Nacht vor mir auf. Der Bischof saß unter einem Baum und schaute zu mir rüber. Ich war einen Moment später neben ihm.

„Es muss eine der Hütten am anderen Ende der Insel sein", flüsterte er. „Ich gehe und schau mir das an. Wenn ich zurück bin, müssten die anderen auch da sein." Er drehte sich weg, dann kam er nochmal zurück und fragte: „Wie hat sie ausgesehen? Hast du sie überhaupt gesehen?"

Ich hatte einen Kloß im Hals, räusperte mich und sagte: „Sie war wunderschön, Bischof, und sie liebt dich mehr als das Regenbogenland, in dem sie jetzt ist."

Er drückte seinen alten Kopf gegen meinen und verschwand dann im undurchsichtigen Bodennebel.

Wenig später waren Jacko und Petro bei mir. Petro zitterte und meinte: „Warum können wir sowas nicht im Sommer machen?"

Dann hörten wir zwischen den Büschen ein leises Geräusch, und der Bischof glitt neben uns: „In der vorletzten Hütte, am Südufer. Der Mensch ist auch da drin. Es brennen ein paar Kerzen, und er hat irgendwas vor, denn die drei Schwestern sind auf einen niedrigen Tisch gebunden."

„Wie gebunden?" fragte ich, und der kalte Atem des Bischofs tanzte vor meinen Augen, als er sagte: „Sie liegen auf dem Rücken, jede Pfote ist mit einer Schnur oder so festgebunden. Es sieht aus, als wären sie gekreuzigt. Aber ich glaube, die drei leben noch."

„Gut“, sagte ich. „Passt auf, es läuft so: Wir müssen ihn ablenken. Bischof, wie ist es, ist in der Lattenwand ein Spalt oder ein Loch, wo wir durchkönnen und in die Hütte rein? Oder was ist mit dem Dach?“

Der Bischof überlegte kurz: „Oben, im Dach ist ein Loch. Das sieht man, weil da kein Schnee liegt. Und an der Südwand der Hütte, neben der Tür zum Steg, da ist ein Stück Brett rausgebrochen, da können wir rein.“

Ich nickte: „Perfekt. Jacko, du kletterst auf das Dach und gehst zu dem Loch. Sobald du mich zischen hörst, lässt du dich in die Hütte plumpsen und randalierst. Du musst ihn ablenken, ok? Bischof, du kommst gleich nach mir in die Hütte und greifst den Kerl an. Zusammen mit Jacko müsste das gehen. Petro, du kommst als letzter hinter dem Bischof rein. Du beißt den Kerl kräftig irgendwohin, wo es ihm richtig wehtut, dann springst du zu mir auf den Tisch und beißt die Schnüre durch. Ich helfe dir dabei. Soweit verstanden?“

Alle nickten, und ich sagte: „Wir gehen ohne die Schwestern nicht da raus. Wenn wir sie nicht befreien können, töten wir den Fänger. Oder er uns. Noch Fragen?“

Der Bischof schüttelte den Kopf und ging. Wir folgten ihm und waren nach kurzer Zeit am anderen Ende der Insel.

Aus der Hütte vor uns drang ein schwaches Licht durch die abgehängten Fensterscheiben. Wir gingen um das Holzhaus herum bis vor die Tür.

„Wo ist Jacko?", fragte ich flüsternd den Bischof.
„Der ist unterwegs aufs Dach, gerade eben."

Ich lugte durch das Loch neben der Tür und sah im flackernden Licht der drei oder vier Kerzen, die im Raum verteilt waren, die drei Katzen auf dem kniehohen Tisch. Der schwarzgekleidete Mann ging mit einem Messer in der Hand in der Hütte auf und ab und murmelte unverständliche Worte, dann blieb er in der Mitte des Raumes stehen und hob das Messer hoch in die Luft.

„Ist alles klar?" flüsterte ich nach hinten, und Petro und der Bischof nickten. Ich zischte laut, und im gleichen Augenblick flog Jacko fauchend und schreiend zwischen den Dachbalken auf den Rücken des Mannes und krallte sich dort fest. Ich rannte in den Raum und sprang auf den Tisch. Der Mann schrie laut auf, und da war Petro schon grinsend neben mir und schrie: „Ich hab ihn voll erwischt!", dann verbiss er sich in die Schnüre. Der Mann fiel schreiend auf die Knie, und der Bischof flog auf sein Gesicht zu.

Von Ricardas Fesseln hatte ich erst zwei durch, da rollte Petro schon die völlig verstörte Schmutzli und Feline vom Tisch und schob sie zu dem Loch neben der Tür. Dann kam er zurück und biss die restlichen beiden Schnüre durch, und Ricarda kam wackelig auf die Beine: „Leo, was …? … Wie?"

„Los, raus hier! Alle! Abmarsch!", schrie ich, sprang vom Tisch runter und sah, dass Ricarda und Petro durch den Spalt huschten. Nur der Bischof hing noch im Nacken des sich windenden, schreienden und blutenden Mannes.

„Bischof, komm raus, los jetzt!" Aber er knurrte: „Ich hab noch was zu tun hier. Hau ab!"

Mit irren Augen starrte er kurz erst mich und dann die hintere Wand an und verbiss sich gleich wieder in den Hals des Mannes.

An der Wand hingen aufgespannt zwei Felle, eines davon war ziemlich klein. Das war das letzte, was ich in der Hütte sah.

Petro, Jacko, Ricarda, Feline und Schmutzli waren schon auf dem Eis, als ich am Ufer ankam.

Und nach wenigen Minuten begrüßte uns am Seglersteg eine jubelnde Hundemeute.

Nachwort

Hat der Bischof überlebt? Was ist mit dem unheimlichen Katzenfänger passiert? Warum muss Leonardo dringend nach Sizilien? Wie geht es weiter auf der Insel?

Wenn Sie das alles und noch viel mehr über die Inseltiere wissen wollen, dann freuen Sie sich auf Band zwei der Leonardo-Saga:

LEONARDOS REISE

Vorbestellbar unter

www.chiemgauerverlagshaus.de

Tierische

Leonardo reist mit seinen Zweibeinern in den kleinen Ort Mondello, um dort Jugendfreunde zu besuchen. Aber die Schatten der Vergangenheit holen ihn ein, und aus der Reise ins Licht wird ein Rennen um sein Leben. Als dann auch noch ein Mord geschieht, weiß er, dass es für ihn nicht nur um alte Rechnungen geht, sondern um alles. Was bleibt ihm also anderes übrig, als sich selbst um die Sache zu kümmern?

Preis: 10,90 €, ISBN: 978-3-945292-14-3

„Rambo" – ist das ein Name für einen bayrischen, saufarbenen Rauhaardackel? „Eigentlich hätte ich den Burschen NEIN.AUS.PFUI! taufen müssen", das hat neulich Carsten, mein Zweibeiner, gesagt.
Vergessen Sie alles, was Sie im ersten Buch „Der wahre Chef bin ich" über mein Leben gelesen haben (Sie haben es doch gelesen, oder?), denn wir ziehen schon wieder um. Der Irrsinn geht weiter. Und wie.

Preis: 10,90 €, ISBN: 978-3-945292-12-9

Besuchen Sie die Buchhandlung Ihrer Wahl oder unseren Internetshop mit direktem, kostenlosem Sofortversand:

Der Autor

Der Rosenheimer Heinz von Wilk war schon vieles in seinem Leben: Weltreisender, Musiker, Event-Manager, und Immobilienhändler.

Nach langen Jahren in Amerika, Asien und Spanien lebt er nun seit einiger Zeit im Chiemgau und schreibt hier seine Geschichten und Krimis aus der Region für den kleinen Urlaub zwischendurch.

Mehr Infos unter: www.heinz-von-wilk.de

1. Auflage

www.chiemgauerverlagshaus.de

Gestaltung des Buchüberzuges:
Grafikdesign Storch, Ulrike Vohla, Rosenheim,
Fotos: fotolia
Satz: Grafikdesign Storch, Ulrike Vohla, Rosenheim

ISBN 978-3-945292-13-6